markus herzig

harpune im auge

kriminalroman

Deutsche Erstausgabe

Bibliografische Information der Deutschen
Nationalbibliothek:
Die Deutsche Nationalbibliothek verzeichnet diese
Publikation in der Deutschen Nationalbibliografie;
detaillierte bibliografische Daten sind im Internet über
http://dnb.dnb.de abrufbar.

© 2019 Markus Herzig, Hofbieber

Lektorat: Dr. Jörn Bendisch, Obershagen
Umschlagbild: iStock.com/mashimara

Herstellung und Verlag: BoD – Books on Demand,
Norderstedt

ISBN: 978-3-7494-5351-1

1

Dienstag, 05. Juni 2018, 11.25 Uhr.

,E in komisches Bild gibt er schon ab', dachte Robert Thalberg, als er in das Zimmer trat. Ein sportlich durchtrainierter Mann in etwa seinem Alter hing schlaff mit dem Rücken an der Wand des Wohnzimmers. Sein schmerzverzerrtes Gesicht und die Brust waren blutverschmiert, unter dem Körper hatte sich eine rote Pfütze gebildet. Mit dem linken Auge starrte er leblos in den Raum. An der Stelle, an der sich das rechte Auge befinden müsste, steckte ein langer, schmaler Pfeil mit einem dünnen Seil daran. Dieser hatte den Hinterkopf durchschlagen und bohrte sich in die dahinterliegende Wand. Erstaunlich, dass er dort mitsamt dem Opfer hängenblieb.

„Hier", sein am Boden hockender Kollege Jung wies auf ein langes, schwarzes Gerät, welches mit einem pistolenartigen Griff ausgestattet war. Das dünne Seil endete an einer Spule, die an dem Gerät hing.

„Damit fängst Du im Normalfall die dicken Fische", grinste Jung, der offenbar nie um einen dummen Spruch verlegen war. Niklas Mayer wurde mit einem Kopfschuss durch eine Harpune getötet. Mitten in Fulda.

2

Es war ein herrlicher Sommermittag. Lisa Gottschalk schlenderte durch die Stadt. Ihr Ziel war ein beliebtes Ausflugslokal in der Nähe der Fulda. Dort angekommen ergatterte sie sich noch einen Sitzplatz im Schatten einer großen Buche.

Bei schönem Wetter herrschte im Biergarten der *Brauhausmühle* bereits mittags reger Betrieb. Kinder tobten über den Schotterplatz oder flitzten zwischen den Tischen des Biergartens umher. Mitunter hörte man das mahnende Wort eines Elternteils, wenn der Nachwuchs gar zu sehr umhertollte oder beinahe mit einer der zahlreichen Bedienungen zusammenstieß, die ebenfalls um die Tischreihen wuselten, schwer bepackt mit gefüllten Biergläsern. Viele der Bedienungen waren Studenten der nahegelegenen Hochschule, die mit Kellnern und Trinkgeldern ihr schmales Studentenbudget aufbesserten.

Noch vor wenigen Jahren war auch Lisa als Kellnerin durch den Biergarten der Brauhausmühle geeilt. Nach ihrem ersten Arbeitstag hatte ihr ganzer Körper geschmerzt, besonders Arme, Schultern, Rücken und Füße. Kein Wunder, denn gerade an jenem Frühlingstag, als die ersten warmen

Sonnenstrahlen die abweisende Kälte des Winters verscheucht hatten, wurde der Biergarten wiedereröffnet. Wie viele Gläser sie an diesem Tag geschleppt hatte, wusste sie nicht mehr.

Damals hatte sie Stephanie Fuhrmann kennengelernt, die sich schon seit zwei Jahren ihr Taschengeld als Kellnerin aufbesserte. Stephanie hatte gemeint, dass es einen direkten Zusammenhang zwischen Sonneneinstrahlung, Außentemperatur und Trinkgeldhöhe gäbe. Je mehr Sonne, desto höher die Trinkgelder. Allerdings erkauft durch unglaublich viele Kilometer, die sie zwischen Tresen und Tischen zurücklegte. Am Abend hatte Lisa verstanden, was Stephanie meinte.

Stephanie hatte ihr in ihrem ersten Sommer als Bedienung in einem Lokal noch weitere wertvolle gegeben, also ertragreiche Tipps. Die Tiefe des Ausschnitts beeinflusste ebenso die Trinkgeldhöhe, jedenfalls an einem Tisch mit überwiegend Männern. Außerdem schadeten ein paar flotte Sprüche nicht, notfalls auch ein paar Derbe, wenn einer der angetrunkenen Besucher ihnen ein wenig zu auffällig nachsteigt.

„Manche Kerle sehen uns als Freiwild an", sagte Stephanie, „nur wenn man sie ein wenig anlächelt."

Mit der Zeit hatte Lisa und Stephanie eine Freundschaft verbunden. Sie hatten sich nicht nur am Hochschulcampus getroffen, sondern gingen auch abends zusammen aus. Lisa hatte ihr Studium in relativ kurzer Zeit beendet. Als sie anschließend eine passende Anstellung in einem Fuldaer Unternehmen gefunden hatte, hing sie ihren Nebenjob als Kellnerin an den Nagel. Stephanie ließ sich mehr Zeit mit ihrem Studium. Sie kellnerte weiterhin.

Während Lisa in ihrer Mittagspause so dasaß und gedankenverloren das bunte Biergartentreiben betrachtete, sah sie auf einmal Stephanie. Sie winkte ihr zu. Als Stephanie an ihrem Tisch ankam, fragte sie Lisa, was sie trinken wolle?

„Na, ich hätte eine etwas herzlichere Begrüßung erwartet, Stephanie!", lachte Lisa, und im nächsten Moment umarmten sich die beiden jungen Frauen.

„Wie geht es dir, und was macht Dein Studium?" fragte Lisa.

„Gut, mittelmäßig", gab Stephanie zurück.

Lisa schaute etwas irritiert.

„Schau nicht so komisch! Was stellst du mir auch gleich zwei Fragen, wenn du die Antworten nicht verarbeiten kannst?", grinste Stephanie.

Das war typisch für sie. Sie verwirrte auf diese Weise gerne aufdringliche Gäste, die sie in einem Atemzug zum Ausgehen einladen und ihre Telefonnummer erfahren wollten.

„Also nochmal zum Mitschreiben. Mir geht es gut, und mein Studium läuft mittelmäßig." Stephanie erzählte, dass ausgerechnet zu den Klausuren zwei Kolleginnen aus der Brauhausmühle länger erkrankt seien. Der Chef meinte, dass sie dann eben mehr arbeiten müsse. Ihre Klausuren seien ihm egal. Er habe Gäste und die wollten bedient werden. Wenn sie keine Lust habe, könne sie auch gleich ganz zu Hause bleiben. „Was sollte ich also tun?"

Bevor Lisa eine Antwort geben konnte, fuhr Stephanie, immer noch verärgert über das Vorgehen ihres Chefs, fort: „Also habe ich gekellnert. Finanziell hat sich das sogar richtig gelohnt! Meine Klausuren konnte ich leider vergessen."

„Das tut mir leid, Steffi. Und nun?"

„Ich hänge einfach ein weiteres Semester hinten dran", Stephanie hielt kurz inne. Dann lächelte sie Lisa an: „Aber du bist bei diesem tollen Wetter bestimmt nicht hierhergekommen, um mit mir über versemmelte Klausuren zu sprechen. Willst du ein Bier?"

„Nein, leider. Heute Mittag reicht ein Mineralwasser aus. Schließlich muss ich nachher wieder zurück ins Büro. Was sollen denn die Kollegen denken, wenn ich mit einer Fahne wieder auftauche?"

„Alles klar."

Mit diesen Worten verschwand Stephanie wieder.

Zwischenzeitlich trafen weitere zahlreiche durstige Kehlen im Biergarten ein, die ihre Bestellung aufgeben wollten. Lisa konnte wieder ihren Gedanken nachgehen.

Hier hatte sie Niklas kennengelernt. Er war öfter mit ein paar Freunden in die Brauhausmühle gekommen. Er war der erste Gast, der ihre Telefonnummer bekommen hatte. Das war jetzt zwei Jahre her. Lisa machte es nichts aus, dass Niklas in einem Sporthaus arbeitete, während sie ihr Studium mit Auszeichnung abgeschlossen hatte. Ihre Befürchtung, dass Niklas ein Problem damit hätte, dass sie nun deutlich mehr als er verdienen würde, und sie beruflich nun in ganz anderen - gehobenen - Kreisen verkehrte, erfüllte sich glücklicherweise nicht. Niklas hätte ohne weiteres sein Studium beenden und eine akademische Karriere anstreben können. Aber er fühlte sich wohl in seinem Sporthaus.

„Das ist kein Sporthaus, das ist ein Ausrüstungsgeschäft", verbesserte er sie immer.

Jedenfalls vertrat er die Ansicht, dass die Zufriedenheit am Arbeitsplatz wichtiger als ein hohes Einkommen sei. Lisa ärgerte es, wenn er sie nach einem stressigen Bürotag mit dieser Weisheit belehrte. Er kam scheinbar immer tiefenentspannt von seiner Arbeit zu ihr.

„Nicht jeder ist mit einem goldenen Löffel im Mund auf die Welt gekommen!", zischte Lisa in diesen Momenten. Dieser Kerl schaffte es immer wieder, sie auf die Palme zu bringen, obwohl Niklas nun wirklich nichts dafür konnte, dass ihm das Erbe seines Großvaters ein sorgenfreies Leben ermöglichte.

Nach derartigen Wortgefechten endeten diese Abende meistens im Streit. Lisa erwartete von Niklas, dass er ihr zuhörte, auf sie einging und sie ein wenig bemitleidete, wenn es bei ihr an der Arbeit wieder stressig wurde. Aber alles, was sie von Niklas zu hören bekam, waren kleine Sticheleien, dass jeder seines Glückes Schmied sei oder Ähnliches. Trotzdem liebte sie ihn. Vielleicht auch gerade deshalb, weil er das Leben nicht so schwernahm.

‚Weil das Glas immer halbvoll ist!', würde Niklas jetzt sagen.

Lisa schreckte auf, sie war wieder zurück in der Realität. Mit einem Blick auf die Uhr stellte sie fest, dass ihre Mittagspause schon längst vorüber war. Sie zahlte schnell bei Stephanie und eilte auf dem direkten Weg ins Büro.

3

„Hast Du etwas von Niklas gehört, German?"

„Nein. Komisch, er sagt doch sonst immer Bescheid."

Christoph Berg, Inhaber der *Bergausrüstung* in der Fuldaer Innenstadt, runzelte die Stirn. Er stimmte German Müller zu, Niklas war normalerweise ein Vorbild an Pünktlichkeit. Dass er heute nicht aufkreuzte, machte ihn stutzig.

„Ich rufe jetzt bei ihm an. Wenn er erkrankt ist, hat er sich gefälligst bei mir abzumelden."

Christoph verschwand in seinem Büro. In diesem Moment betrat Marie Berg, Christophs Tochter und rechte Hand, das Geschäft.

„Mahlzeit German. War heute schon was los? Wo ist Papa?"

Für German war es nichts Ungewöhnliches, dass die zweite Chefin der *Bergausrüstung* ihren Vater noch Papa nannte.

„Christoph ist in seinem Büro und will Niklas anrufen. Er ist heute noch nicht zur Arbeit gekommen. Hast Du eine Ahnung, wo er stecken könnte?"

„Bei mir hat er nicht angerufen. Na ja, er wird schon kommen. Ich gehe kurz ins Büro zu Papa und bin gleich wieder da. Möchtest Du auch einen Kaffee?"

„Oh ja, sehr gerne. Vielen Dank Marie."

Keine fünf Minuten später kam Marie mit zwei dampfenden Kaffeepötten zurück in den Laden. Augenblicklich erfüllte das Aroma von frischgebrühtem Kaffee den Raum. German erklärte gerade einem Kunden die Unterschiede der verschiedenen Seiltypen, die die *Bergausrüstung* im Angebot hatten.

„Darf ich Sie auch zu einer Tasse Kaffee einladen?" Marie lächelte den Kunden an.

„Sehr gerne! Könnte ich bitte einen Schluck Milch dazuhaben?"

„Selbstverständlich."

Marie wollte gerade zurück in das Büro ihres Vaters gehen, da öffnete Christoph Berg schon die Tür. Jegliche Farbe schien aus seinem sonst sonnengebräunten Gesicht verschwunden zu sein. Er schaute irritiert zu Marie.

„Ich habe gerade in Niklas´ Wohnung angerufen." Christoph stockte.

„Ja und? Hat er gestern Abend einen über den Durst getrunken?" Marie schien nicht zu verstehen.

„Ich hatte die Kriminalpolizei am Telefon. Sie wollen jeden Moment hier vorbeikommen."

„Die Polizei? Bestimmt hast du dich verwählt. Was will die Polizei denn in Niklas Wohnung?"

„Ich habe keine Ahnung, was die Polizei dort sucht. Ich habe allerdings extra gefragt, ob ich richtig mit Niklas Mayers Telefonanschluss verbunden bin."

Wenige Augenblicke später kam Marie mit einem dritten Pott Kaffee aus dem Büro. Der Kunde hatte sich zwischenzeitlich schon für ein Sicherungsseil entschieden, und German wickelte die entsprechende Länge ab.

„Herzlichen Dank für den Kaffee. Aber sagen Sie, was ist denn mit Herrn Berg? Er sieht heute gar nicht gut aus."

„Mein Vater hat gerade viel um die Ohren. Wir wollen doch demnächst Trekkingtouren durch die Rhön veranstalten. Außerdem stecken wir noch mitten in den Vorbereitungen zu den Bergtouren in den Dolomiten. Da gilt es so viel zu beachten."

`Hoffentlich nimmt er mir das ab´, dachte sich Marie, obwohl sie gar keine Notlüge gebrauchte. Christoph Berg und sein Team planten tatsächlich Touren durch die Rhön und ab Herbst auch in Südtirol. Aber in diesem Moment kam sich Marie vor, als hätte sie ihren Kunden nicht die Wahrheit gesagt.

Kurze Zeit später waren Christoph und Marie Berg sowie German wieder alleine im Laden.

„Was ist los, Chef? Ist etwas passiert?"

„Gleich wird die Polizei hier erscheinen. Am Telefon wollten sie nichts sagen. Aber es geht wohl um Niklas."

Die Tür öffnete sich, Kriminalhauptkommissar Philipp Jung sowie Kriminalkommissar Robert Thalberg betraten das Geschäft.

„Philipp, Robert! Es ist gerade sehr schlecht. Die Polizei kommt gleich bei mir vorbei. Es geht um einen meiner Mitarbeiter." Christoph Berg zählte die beiden Kommissare schon seit langem zu seinen Stammkunden.

„Wir sind die Polizei", sagte Robert.

Christoph stutzte. Er wusste bis zu diesem Zeitpunkt nicht, dass Philipp und Robert Polizeibeamte waren.

Die beiden Kommissare folgten Christoph Berg in sein Büro. Philipp Jung kam gleich auf den Punkt.

„Christoph, du hast bei Niklas Mayer angerufen. Was war der Grund des Anrufs?"

„Willst Du mir nicht erst einmal sagen, weswegen ihr mich aufsucht?"

„Da komme ich gleich dazu. Bitte beantworte zunächst meine Fragen."

Christoph merkte, dass Philipp keine Anstalten machte, ihm auch nur einen kleinsten Hinweis zum Grund ihres Besuches zu geben. Er wirkte ungewohnt ernst.

„Schön. Ihr wisst, Niklas Mayer ist mein Mitarbeiter. Er ist heute nicht an die Arbeit gekommen."

„Und deswegen rufst du ihn zu Hause an?"

„Niklas ist ein sehr zuverlässiger Mitarbeiter. In den ganzen Jahren, in denen er nun schon bei mir ist, kam es noch nie zu einer ähnlichen Situation. Natürlich kommt es vor, dass er krankheitsbedingt ausfällt. Dann ruft er aber immer bei mir an, und meldet sich ab."

„Und warum hast Du ihn dann nicht schon heute Vormittag angerufen?"

Darauf fand Christoph keine sinnvolle Antwort: „Ich weiß es nicht."

„Lassen wir es zunächst dabei bewenden. Was kannst Du uns zu seinen persönlichen Verhältnissen sagen?"

„Sehr viel kann ich Dir nicht berichten. Niklas hat vor etwa drei Jahren bei mir angefangen zu arbeiten. Zuvor hatte er sein BWL-Studium geschmissen. Ich kannte ihn ja schon vorher als Kunden. Er reist gerne, taucht und macht im Übrigen ohnehin viel Sport. Niklas hat nie nach einer Gehaltserhöhung gefragt. Ich glaube, er hat ein hübsches Sümmchen von seinem Großvater geerbt, was ihn relativ sorgenfrei leben lässt. Vielleicht weiß German da mehr. Lasst es mich so ausdrücken, die beiden haben sich gesucht und gefunden."

„Niklas und German sind ein Paar?"

„Nein, nein. Da habe ich mich falsch ausgedrückt. Niklas und German haben viel gemeinsam, und ergänzen sich einfach prima. Ich glaube, sie sind sehr gute Freunde, die sich blind verstehen. Wollt ihr mir nun endlich sagen, weswegen ihr zu mir gekommen seid?"

„Nein. Eine letzte Frage noch, Christoph. Hat Niklas eine Freundin oder einen Freund? Irgendjemand, der ihm nahesteht?"

Philipps Frage ließ Christoph jegliche restliche Farbe aus dem Gesicht weichen.

„Niklas hat eine Freundin. Lisa Gottschalk."

„Wo können wir diese Lisa Gottschalk erreichen?"

„Sie arbeitet bei einer Bank, glaube ich. Mehr weiß ich aber auch nicht."

Philipp nickte und schaute zu Robert Thalberg, der das Gespräch mitschrieb. Philipp und Robert hatten die Abmachung, dass einer von beiden die Befragung durchführt, während der andere die schlechte Nachricht überbringen muss. Obwohl Philipp Jung der ältere und ranghöhere der beiden Kommissare war, traten sie beide als gleichberechtigte Kollegen auf.

Robert Thalberg wusste, dass nun der Moment gekommen war, Christoph Berg zu informieren. Er räusperte sich und sagte: „Wir haben Niklas Mayer heute tot in seiner Wohnung aufgefunden."

4

Die Befragungen von Marie Berg und German Müller förderten keine nennenswert neuen Erkenntnisse zutage. Von German konnten sie lediglich den Namen von Lisa Gottschalks Arbeitgeber erfahren. Philipp Jung und Robert Thalberg machten sich zu Fuß auf den Weg.

Die *counterfix direktbank* befand sich im 6. Stock eines mehrstöckigen Bürokomplexes in der Nähe des Bahnhofs. Außer durch einen Schriftzug auf Briefkasten und Türklingel konnte von außen nicht erkannt werden, dass sich in diesem Gebäude die Zentrale eines Kreditinstitutes befand. Robert drückte die Klingel, und wenige Sekunden später betätigte jemand den Türöffner.

„Zu Fuß oder per Aufzug?", fragte Robert mehr im Spaß. Er wusste, dass Philipp unter Platzangst litt, seit er als Kind einmal mehrere Stunden in einem Aufzug steckengeblieben war.

„Mach Dich nur über mich lustig!", antwortete Philipp und grinste.

Im 6. Stock angekommen, öffnete eine attraktive junge Frau die gläserne Empfangstür. Sie lächelte die beiden Kommissare an.

„Herzlich willkommen bei der counterfix direktbank. Ich bin Bernadette Veilleux. Was kann ich für Sie tun?"

„Kommissar Robert Thalberg und Hauptkommissar Philipp Jung. Wir möchten gerne mit Frau Gottschalk sprechen."

Für einen kurzen Moment schaute Bernadette Veilleux verdutzt, fing sich aber schnell wieder und lächelte:

„Un moment, s'il vous plaît", antwortete sie, „nehmen Sie doch bitte kurz Platz."

Sie wies auf ein elegantes, schwarzes Ledersofa. Die beiden Kommissare setzten sich hin. Wenige Augenblicke später kamen Lisa Gottschalk und Bernadette Veilleux zurück. Lisa bat die beiden Kommissare ihr zu folgen.

„Guten Tag. Kommissar Robert Thalberg, und das ist mein Kollege Hauptkommissar Philipp Jung. Sie sind Lisa Gottschalk?", eröffnete Robert das Gespräch.

„Ja, ich bin Lisa Gottschalk. Was führt Sie zu mir? Ich bin mir keiner Verfehlung bewusst."

„Frau Gottschalk. Sie kennen Niklas Mayer?"

Lisa spürte plötzlich ein langsam aufkommendes Unwohlsein in ihrer Magengegend. Ihr Brustkorb fühlte sich wie in einem Schraubstock eingespannt. Was sollte diese Frage? Lisa war irritiert.

„Was ist mit Niklas?" fragte sie besorgt.

„Sie kennen also Niklas Mayer. In welcher Beziehung stehen Sie zu Niklas Mayer?"

„Niklas ist mein Freund. Aber sagen Sie mir doch bitte, was mit ihm ist?"

„Wann haben Sie Ihren Freund zuletzt gesehen?"

Lisa wurde beinahe ohnmächtig durch diese Frage. Sie konnte kaum noch einen klaren Gedanken fassen.

„G-gestern Abend, denke ich" stammelte sie.

„Sie *denken*, ihn gestern Abend zuletzt gesehen zu haben? Oder wissen Sie es?" Robert Thalberg blieb hartnäckig.

„I-ich weiß es. Ja, ich war gestern Abend bei ihm. Ist Niklas etwas zugestoßen?"

„Sie waren also gestern mit Niklas zusammen. Wie lange?"

„Wie lange?", Lisa verstand die Frage nicht.

„Na ja, wann sind Sie wieder gegangen? Noch gestern Abend oder heute Morgen?"

„Ach so. Ich bin gestern Abend wieder gegangen."

„Weshalb sind Sie gestern Abend wieder gegangen, wann und wohin?"

„Ich weiß nicht, wohin Ihre Fragen führen sollen, Herr Thalberg. Was ist mit meinem Freund?"

„Bitte beantworten Sie meine Fragen", Robert Thalberg würgte sie einfach ab. Natürlich wusste er, dass er Lisa Gottschalk recht grob anging. Und er spürte, dass sie kaum noch Orientierung hatte. Es tat ihm leid, wie sie vor ihnen saß, verwirrt und zutiefst besorgt. Allerdings konnte er sicher sein, dass in diesen Momenten die ehrlichsten Antworten kamen.

„Ich bin nach Hause gegangen, etwa gegen 20.00 Uhr. Niklas und ich wohnen getrennt voneinander. Und ich war übrigens alleine, falls Sie das interessiert."

„Ja, das interessiert mich. Vielen Dank.", gab Robert ohne einen Unterton von Sarkasmus zu. In der Tat wäre das seine nächste Frage gewesen. So fuhr er fort: „Um was ging es in Ihrem Gespräch?"

„Niklas erzählte mir von den Planungen an seiner Arbeit, dass sie geführte Touren durch die Rhön und in Südtirol anbieten wollen. Er ist dann öfters für ein paar Tage unterwegs. Er soll die Touren leiten."

„Und wie gehen Sie damit um? Anders ausgedrückt, wie geht es Ihnen dabei, wenn Sie wissen, dass er künftig regelmäßig fort ist?"

„Wie soll es mir dabei gehen?", Lisa klang gereizt. „Natürlich bin ich nicht erfreut, wenn Niklas künftig tagelang mit irgendwelchen wildfremden Leuten durch die Pampas stapft", sie beruhigte sich wieder etwas. „Aber ich bin ja auch öfter für mehrere Tage geschäftlich unterwegs. Ich habe Verständnis dafür."

„Also gab es keinen Streit?"

„Wollen Sie mir nicht endlich sagen, weswegen Sie eigentlich hier sind?" Lisa verlor langsam die Geduld. Das Gefühl von Ohnmacht wandelte sich schon längst in Ärger.

„Bitte, Frau Gottschalk. Antworten Sie einfach auf meine Fragen, und dann kann ich Ihnen den Grund unseres Besuchs erklären."

Lisa merkte, dass sie mit ihren Fragen nicht weiterkam.

„Nein, es gab keinen Streit. Niklas wollte sich noch mit einem Kumpel, wie er sagte, treffen, und ich bin nach Hause. Wir wollen uns heute Abend, wenn er aus seinem Sportladen heimkommt, bei mir treffen."

„Können Sie mir den Namen des ‚Kumpels' nennen?"

„Nein, leider."

Philipp Jung wurde nun die unangenehme Aufgabe zuteil, Lisa Gottschalk den Grund ihrer Fragen zu nennen.

„Frau Gottschalk, es tut mir leid. Ich habe keine guten Nachrichten für Sie. Wir haben heute Niklas Mayer tot in seiner Wohnung aufgefunden."

Lisa schaute die beiden Männer fassungslos an. Im nächsten Moment verdrehte sie die Augen. Robert Thalberg sprang von seinem Stuhl auf, so dass dieser nach hinten umkippte und polternd auf den Parkettboden fiel.

Lisa Gottschalk fiel bewusstlos in Roberts Arme.

5

Es war spät, als Philipp Jung und Robert Thalberg zurück in ihr Büro kamen. Zunächst begleiteten sie Lisa Gottschalk ins Krankenhaus. Nach ihrem Zusammenbruch hatten die Kommissare den Notarzt gerufen, der die junge Frau ins Städtische Klinikum brachte. Der behandelnde Arzt in der Notaufnahme bestand zur Beobachtung auf einer stationären Aufnahme.

Lisa Gottschalk ließ alles über sich ergehen. Sie war durch die Todesnachricht ihres Freundes zu geschwächt, um zu protestieren.

„Diese Lisa Gottschalk kenne ich. War sie nicht mal Bedienung in der Brauhausmühle?"

„Genau", Philipp nickte. „Aber sie hat es ganz ordentlich umgehauen, als sie vom Tod ihres Freundes erfahren hat."

„Ich gehe nicht davon aus, dass sie etwas mit Niklas Mayers Tod zu tun hat. Wir haben schon viele Schauspieler vor uns gehabt, aber keiner wurde nach solch einer Nachricht ohnmächtig."

„Das stimmt, Robert."

Die Kommissare trugen die Erkenntnisse des ersten Ermittlungstages zusammen. Zum Opfer konnten sie noch nicht besonders viel sagen. Es zeichnete sich das Bild von einem freundlichen jungen Mann ab, der allseits beliebt war. Allerdings sprach er nie viel von sich oder seiner Herkunft. Die Kommissare konnten keine Verwandten ermitteln. Niklas Eltern waren beide schon gestorben. Er hatte auch keine Geschwister.

Nach Aussage seines Arbeitgebers war Niklas Mayer sehr zuverlässig. Er lebte in einer einfach eingerichteten Wohnung. Wertvolle Gegenstände hatten sie nicht gefunden, allerdings sah die Wohnung auf den ersten Blick nicht so aus, als ob sie vor oder nach seinem Tod durchsucht worden war. Der Bericht der Spurensicherung wird zu diesem Thema aber mehr Aufschluss geben.

Besonders fiel jedoch die Todesart auf. Ein harpuniertes Opfer, das hatten die beiden Kommissare noch nicht gesehen. Wenigstens im Polizeipräsidium Osthessen war ein derartiger Todesfall noch nicht untersucht worden.

Niklas Mayer wurde mit dem Schuss der Harpune durch das rechte Auge getötet. Dabei musste der Täter in unmittelbarer Nähe zum Opfer gestanden haben, denn der Speer durchschlug den Hinterkopf und drang so tief ins Mauerwerk ein, dass er den Toten hielt. Aufgrund der Länge des Speers und der Position des Harpunenrohrs, konnte ein Selbstmord ausgeschlossen werden.

Lisa Gottschalk gab in ihrer Befragung an, dass sich Niklas nach ihrem Besuch mit einem Bekannten treffen wollte. Diesen Bekannten mussten sie suchen. Sie hofften auf einen Hinweis durch die Spurensicherung.

„Lust auf ein Bier?", fragte Robert.

„Warum nicht. Lass uns in die Brauhausmühle gehen."

6

Philipp und Robert tranken öfter zusammen ein Feierabendbier, mehr als zwei-, dreimal im Monat schafften sie es aber nicht.

Stephanie Fuhrmann kannte die beiden Kommissare schon.

„Na Jungs, zwei Bier?"

„Ja, bitte", antwortete Philipp. „Zwei Große!"

Es war gegen 19.00 Uhr. Der Biergarten war um diese Zeit bis auf den letzten Platz besetzt. Die Kommissare suchten sich einen Platz im Gebäude.

Stephanie brachte zwei Glaskrüge und kassierte gleich ab. Für ein kurzes Schwätzchen hatte sie heute keine Zeit.

„Prost!" Philipp und Robert stießen ihre Bierkrüge aneinander. Der erste Schluck war immer der Beste. Sie vermieden es, wenn sie zusammen einen Schoppen tranken, ihre aktuellen Fälle zu besprechen.

Robert wurde Philipp, kurz nachdem dieser zum Hauptkommissar befördert worden war, zugewiesen. Beide verstanden sich vom ersten Tag an. Im Gegensatz zu Robert hatte Philipp Familie. Er war verheiratet, hatte zwei Töchter und lebte auf dem Land. Als begeisterter Sportler hatte er sein idyllisches Trainingslager direkt vor der Haustür, wenigstens dann, wenn gerade einmal keine Arbeiten an Haus und Hof notwendig waren.

Philipp war ein ausgesprochener Familienmensch. Bevor er zurück nach Fulda versetzt worden war, hatte er bei der Frankfurter Kripo gearbeitet. Diese Zeit war sehr lehrreich für ihn gewesen. Die vielen gescheiterten Existenzen, die häufige familiäre Gewalt und das Elend in den schlimmen Vierteln der Großstadt ließen ihn sehr schnell die Wichtigkeit der Geborgenheit in einer Familie erkennen. Zwar gab es auch im ländlichen Fulda Gewalt, in der Großstadt war sie allerdings präsenter und deutlicher sichtbar.

Auch Robert hatte bei der Frankfurter Polizei, gearbeitet wie beinahe alle jungen hessischen Polizeibeamten. Es bedurfte schon einiges an Glück, zurück in die Heimat versetzt zu werden. Meistens ging dies nur, wenn man zu Hause Familie hatte. Aber manchmal ging es auch ohne.

Robert hatte im Streifendienst gearbeitet. Wie auch Philipp lernte er die Großstadt nicht nur von der schillernden Hochglanzseite, den bunten Einkaufs- und Vergnügungsmöglichkeiten kennen, sondern auch von der kalten und abweisenden Seite.

Obwohl beide gerne in Frankfurt gearbeitet hatten, waren sie doch froh, wieder zu Hause zu sein.

Bei ihrem aktuellen Fall waren sie noch ganz am Anfang. Eigentlich wussten sie noch gar nichts, außer der Todesursache. Sie mussten mehr über das kurze Leben von Niklas Mayer erfahren. Hier konnte ihnen nur Lisa Gottschalk helfen.

Jeder hing seinen Gedanken nach. Wie in beinahe jedem Fall, den sie in den letzten Jahren bearbeitet hatten, standen sie vor einem großen Berg unbeantworteter Fragen. Sie nahmen die Herausforderung sportlich an.

„Ich weiß, wir wollen nicht über die Arbeit sprechen, aber morgen sollten wir Lisa Gottschalk noch einmal aufsuchen", sagte Robert zögerlich.

„Das geht mir auch die ganze Zeit durch den Kopf", meinte Philipp und trank sein Bier aus. „Ich mache mich jetzt auf den Weg. Michaela und die Kinder warten bestimmt schon."

„Klar, mach dich los. Grüße die Drei bitte von mir."

Robert blieb noch einen Moment sitzen, dann trank auch er aus und radelte nach Hause. Er hatte eine Wohnung in einem Fuldaer Vorort. Nach dem Dienst drehte er mit seinem Fahrrad oft noch eine Runde durch die Rhön. Heute hatte er dazu aber keine Lust mehr.

7

Am nächsten Morgen trafen sich Philipp Jung und Robert Thalberg im Foyer des Städtischen Klinikums. Sie hofften auf weitere, wertvolle Hinweise von Lisa Gottschalk. Kannte sie unter Umständen doch den Bekannten, mit dem sich Niklas am Abend seiner Ermordung treffen wollte?

Lisa war gerade fertig mit dem kleinen Frühstück, als die Kommissare den Raum betraten. Viel mehr als eine Tasse Kaffee und eine halbe Scheibe Brot bekam sie noch nicht hinunter. Robert und Philipp waren überrascht, dass auch die hübsche Dame vom Empfang, Bernadette Veilleux, anwesend war.

„Bonjour, Messieurs les Commissaires."

Robert Thalberg lächelte. Er hatte sich die ganze Nacht überlegt, mit welcher Begründung er noch einmal in die counterfix direktbank gehen könne, um sie wiederzutreffen. Es traf ihn wie einen Schlag, als Bernadette ihm direkt in die Augen schaute und ihn anlächelte. Er wurde unsicher und befürchtete, dass er einen roten Kopf bekommen würde.

„Ich gehe jetzt, Lisa. Bei diesen beiden Polizisten bist Du sicher. Au revoir."

Rasch hatte Bernadette ihre Handtasche genommen, küsste Lisa auf die Wange und war im Begriff zu gehen.

„Brauchen Sie mich noch?", fragte sie Robert Thalberg.

„Äh, nein. Das heißt...", Robert stotterte. „Eigentlich n-nicht. Also, ich weiß ja, wo ich Sie finde."

„Bon!" Bernadette warf Robert einen langen Blick zu und verschwand.

Dem für seine jungen Jahre ziemlich abgebrühten Kommissar schlug das Herz bis zum Hals. Bildete er es sich ein, dass die hübsche Empfangsdame der counterfix direktbank ihm schöne Augen machte? Er war im Begriff, sich in eine Zeugin in einem Mordfall zu verlieben. Der Gedanke behagte ihm überhaupt nicht. Allerdings bekam er Bernadette, seit er sie das erste Mal gesehen hatte, nicht mehr aus dem Kopf. Sie hatte eine sportliche Figur, beinahe schwarze Haare und strahlendblaue Augen – und einen französischen Akzent zum Verlieben! Warum also nicht?

Philipps Faust in seiner Seite beförderte Robert mit einem Mal zurück in die Gegenwart. Sein strafender Blick bereitete ihm sogar ein schlechtes Gewissen.

„Guten Morgen, Frau Gottschalk. Wie haben Sie geschlafen?"

„Guten Morgen, Herr Jung. Ich bin erst zur Ruhe gekommen, als mir die Schwester ein Schlafmittel gegeben hat."

„Sind Sie schon in der Verfassung, uns ein paar Fragen zu beantworten?", wollte Robert Thalberg wissen.

„Ja, ich denke das geht. Was möchten Sie wissen?"

Lisa Gottschalk machte tatsächlich einen gefestigten Eindruck. Philipp Jung setzte zu seiner ersten Frage an.

„Wir haben uns die familiären Verhältnisse von Niklas Mayer angeschaut und konnten keine Verwandten ermitteln.

Kann es sein, dass er tatsächlich keine Familienmitglieder mehr hatte?"

Lisa musste nicht lange überlegen. Niklas hatte ihr erzählt, dass seine Eltern durch den Tsunami im Dezember 2004 in Khao Lak, Thailand gestorben waren. Geschwister hatte er keine. Onkel oder Tanten auch nicht. Sie schüttelte mit dem Kopf: „Nein. Niklas hat keine Familie mehr."

„Sie sagten gestern, dass Niklas Mayer nach ihrem Besuch noch einmal ausgehen wollte. Können Sie sich vorstellen, mit wem er sich treffen wollte?"

„Leider nein. Ich habe mir gestern selbst die Frage gestellt, aber ich habe leider keine Idee. Ohnehin kenne ich nicht viele Freunde von Niklas."

„Wie lange waren Sie denn zusammen?" Robert merkte, dass er die Frage unglücklich formuliert hatte. „Ich meine, wie lange dauerte Ihre Beziehung zu Herrn Mayer?"

„Etwas über zwei Jahre."

Lisas Stimme begann etwas zu zittern.

„Verzeihen Sie bitte meine Frage. Aber ist es nicht ungewöhnlich, dass Sie noch in getrennten Wohnungen leben?"

Diese Frage trieb Lisa Tränen in die Augen.

„Niklas wollte noch nicht mit mir zusammenziehen. Er brauchte so etwas wie sein eigenes Refugium. Einen Ort, an dem er alleine war; an dem er für sich war."

„Kam es öfter vor, dass Herr Mayer noch abends ohne sie ausging?"

„Ja, das war nichts Ungewöhnliches. Niklas hatte öfter abends zu tun."

„Wissen Sie, was er so ‚zu tun' hatte?"

„Nein. Meistens fuhr er mit allerhand Seilen und Gerätschaften in seinem Caddy fort. Ich gehe davon aus, dass er dann klettern wollte. Niklas liebte es, in der Natur zu sein.

Er ging jeden Abend laufen, und war auch sonst sehr sportlich. Wir machten auch viel gemeinsam Sport."

„Niklas Mayer hatte einen Caddy? Nach unseren Informationen hatte er kein Auto auf seinen Namen zugelassen."

Lisa schaute bei der Frage nicht einmal auf: „Der Wagen ist auf einen seiner Kumpels zugelassen."

„Das verstehe ich nicht. Wer leiht denn seinen Wagen dauerhaft einem ‚Kumpel' aus?", fragte Robert.

„Den Caddy hatte Niklas nicht immer. Es stimmt, dass er kein eigenes Auto hatte. Er lieh sich den Wagen immer nur aus, wenn er zum Klettern fuhr. Für die übrigen Fahrten nutzte er sein Fahrrad oder meinen Mini. Niklas fuhr aber kaum mit meinem Auto. Er findet es viel zu klein, und es hat nach seinen Vorstellungen einen viel zu winzigen Kofferraum." Lisa lächelte schwach, aber es flossen weiter Tränen aus ihren großen Augen.

„Womit er zweifelsfrei recht hat. Meine Frau fuhr bis zur Geburt unserer Tochter ebenfalls einen Mini", bemerkte Philipp Jung, räusperte sich und fuhr fort: „Sie haben noch nicht gesagt, wem der Caddy gehört."

„Das kann ich Ihnen auch nicht sagen", sie sah Philipp direkt ins Gesicht. „Niklas lieh ihn sich aus, fuhr damit und gab ihn wieder zurück."

„Offen gesagt nehme ich Ihnen das nicht ab. Ihr Freund leiht sich von einem unbekannten Kumpel ein Auto, fährt damit zum Klettern und stellt es anschließend wieder bei ihm ab? Der Kofferraum des Minis ist ja nun nicht so klein, dass nicht eine Kletterausrüstung hineinpassen würde. Außerdem hat er ja auch eine Rücksitzbank." Robert Thalberg bohrte nach.

Lisa schaute verzweifelt von Robert zu Philipp: „Sie müssen mir glauben. Ich weiß es wirklich nicht!" Wieder quollen dicke Tränen aus ihren Augen.

„Ich glaube Ihnen, Frau Gottschalk", beruhigte sie Philipp und nickte Robert zu. „Können Sie den Caddy genauer beschreiben?"

„Nun, ich kenne mich nicht mit Autos aus. Es handelt sich um einen dunklen Kastenwagen, schwarz oder dunkelbraun. Und er hat Allrad."

„Dafür, dass Sie sich nicht mit Autos auskennen, ist es schon erstaunlich, dass Sie wissen, dass der Caddy Allrad hat."

„Niklas erwähnte öfter, dass der Caddy spitze sei, und man mit dem Allrad fast überall hinfahren könne. Wenn er das nicht immer wieder betont hätte, wüsste ich dieses Detail sicherlich nicht."

Damit gab sich Robert zufrieden.

„Können Sie noch weitere Angabe zu dem Wagen machen? Können Sie sich an das Kennzeichen erinnern, oder hatte der Wagen eine andere Auffälligkeit?"

Wieder ließ Robert nicht locker.

„Ich habe den Caddy nur einmal, vielleicht zweimal gesehen. Niklas besorgte sich das Auto immer erst, nachdem ich gegangen war. Es war einfach ein dunkler Caddy. Die sehen doch sowieso alle gleich aus."

Robert schaute Philipp an, und dieser zuckte mit den Schultern. Für Robert ein sicheres Zeichen, dass er es aufgeben könne, weiter nach dem Caddy zu fragen.

Auf einmal erhellte sich Lisas Gesicht für einen kurzen Moment.

„Dem Besitzer des Caddys muss einmal ein Päckchen Kaffee umgefallen sein", sagte sie plötzlich.

Verständnislos schauten die Kommissare Lisa Gottschalk an.

„Sie müssen wissen, einmal traf ich Niklas zufällig in einer Bar, nachdem er von seiner Klettertour zurückgekommen war. Ich war mit einer Freundin verabredet. Niklas´ Haare und Jacke rochen nach Kaffee."

„Das ist immerhin ein Anhaltspunkt. Ein dunkler Allrad-Caddy, schwarz oder braun, der mal nach Kaffee gerochen hat", fasste Robert zusammen.

„Wir werden nach diesem Wagen suchen, Frau Gottschalk, und lassen Sie nun auch in Ruhe." Während des Aufstehens nahm Philipp Jung eine Visitenkarte aus seinem Etui: „Wenn Ihnen noch irgendetwas einfällt, und sei es im ersten Moment noch so unbedeutend, rufen Sie mich bitte an?"

„Das mache ich, Herr Jung. Versprechen Sie mir, dass sie Niklas´ Mörder finden?" Hilflos schaute Lisa Gottschalk die beiden Kommissare an.

„Ich kann Ihnen nicht versprechen, dass wir den Mörder fassen. Ich kann Ihnen aber versprechen, dass wir alles tun, um ihn zu finden."

Philipp wusste, dass dies nur ein schwacher Trost war.

8

Philipp Jung und Robert Thalberg fuhren zurück zum Polizeipräsidium. Jeder dachte über das Gespräch mit Lisa Gottschalk nach.

Robert brach als erstes sein Schweigen.

„Weißt Du, was ich seltsam finde?", fragte er Philipp.

„Ich glaube ja. Gestern wird der Freund umgebracht, heute plaudert Lisa Gottschalk über Niklas Mayer, als sei ein Bekannter ums Leben gekommen. Sicherlich, die Tränen waren echt. Es geht ihr bestimmt nahe, dass ein Mensch sein Leben gewaltsam lassen musste. Doch richtig werde ich nicht schlau aus ihr."

Die beiden Männer schwiegen wieder, bis der schwarze BMW, den Philipp Jung als Dienstwagen fuhr, auf den Parkplatz des Präsidiums einbog.

„Haben wir Lisa Gottschalk eigentlich gesagt, wie ihr Freund ums Leben gekommen ist?"

„Nein, das haben wir nicht. Sie hat auch nicht danach gefragt."

'Merkwürdig', dachte Robert Thalberg. In bisher allen Todesfällen, bei deren Aufklärung er beteiligt war, wollten die Angehörigen erfahren, auf welche Weise das Opfer den Tod gefunden hatte. Nur in diesem Fall wurde diese Frage noch nicht gestellt. Weshalb wischte nun Philipp diesen Gedanken einfach vom Tisch?

Im Büro angekommen machten sich die Kommissare an die Auswertung der bisherigen Ermittlungsergebnisse. Inzwischen lag auch der Bericht der Spurensicherung vor. Der Bericht der Gerichtsmedizin dauerte meist bis zu zwei Wochen, da die Leichname erst nach Gießen überführt werden mussten.

Die Spurensicherung konnte in der Wohnung des Opfers insgesamt fünf verschiedene Fingerabdrücke sichern. Eindeutig zuzuordnen waren nur die des Opfers. Die restlichen Fingerabdrücke wurden bisher noch nicht polizeilich erfasst. Zunächst ist dies nicht ungewöhnlich. Nicht alle Fingerabdrücke finden einen Eintrag in den Polizeiarchiven. Robert war überrascht, dass auch schon Teile der DNA-Spuren ausgewertet worden waren. Enttäuscht stellte er fest, dass neben der DNA des Opfers keine weitere bekannt war. Blieben nur noch die Spuren auf der Mordwaffe. Aber auch hier fanden sich nur alte Spuren des Opfers, aber keine frischen Fingerabdrücke des Täters.

‚Das wäre auch zu schön, um wahr zu sein‘, dachte Robert.

Er griff zum Telefonhörer und wählte die Nummer der Zulassungsstelle. Er benötige die Halter aller VW-Caddy-Besitzer, die einen allradgetriebenen schwarzen oder braunen Caddy hatten. Robert verlangte, auch die mit den auberginefarbenen und dunkelblauen Lackierungen zu berücksichtigen. Er wurde nicht enttäuscht, als die Dame der Zulassungsstelle klar äußerte, dass sie diese Daten nicht ohne eine schriftliche Anfrage herausgeben dürfe.

Er sicherte dies zu.

Als Nächstes durchstöberten Robert und Philipp die Polizeiarchive danach, ob ein dunkel lackierter Caddy in einer anderen Angelegenheit polizeilich aufgenommen worden war. Sie staunten nicht schlecht, als sie herausfanden, dass sich unter allen Vorfällen, in die ein VW Caddy verwickelt war, kein einziger dunkler Wagen befand.

„Die meisten Caddys sind ja auch weiß oder silberfarben. Das sind die typischen Handwerkerkisten", stellte Robert fest.

Das Faxgerät meldete sich. Es spuckte die Liste sämtlicher dunklen VW Caddys im Landkreis Fulda aus. Insgesamt handelte es sich um 187 Fahrzeuge.

„Bis wir die Halter alle aufgesucht haben, gehen Wochen ins Land!", stöhnte Philipp.

‚Schön, dass der Chef das auch so sieht', freute sich Robert.

„Lass uns die Halter in Gruppen aufteilen. Ich schlage vor, dass wir die Fahrzeuge zunächst der Farbe nach, anschließend nach Privat- und Gewerbefahrzeuge sortieren. Bei den Gewerbefahrzeugen sollten wir anfangen. Sicherlich haben einige Firmen mehrere dieser Fahrzeuge im Gebrauch. Die können wir anrufen."

„Gute Idee, Robert. Fangen wir an."

Es stellte sich heraus, dass die Zulassungsstelle nicht das Kennzeichen „Allrad" berücksichtigt hat. Philipp fluchte über diese Oberflächlichkeit. Seine Miene hellte sich erst wieder auf, als sie das Sortieren beendet hatten. So verteilten sich die Caddys auf 134 privat genutzte, und 53 gewerbliche Fahrzeuge, die auf 19 unterschiedliche Firmen zugelassen waren.

„Dann lass uns mal zum Hörer greifen", meinte Philipp.

Schritt für Schritte telefonierten die Kommissare die Firmen ab. Da die Menge überschaubar war, kamen sie zügig voran. Allerdings ohne Erfolg. In der Regel wurden die Fahrzeuge nach deren Benutzung auf dem Firmengelände abgestellt und eine private Nutzung der Fahrzeuge untersagt. In den anderen

Fällen waren die Caddys als Servicefahrzeuge quer über die Republik verteilt.

Die einzigen allradgetriebenen Fahrzeuge befanden sich in Hamburg, Kassel und München.

„Der Wagen aus Kassel wäre schon interessant. Aber wie soll Niklas Mayer kurzfristig auf diesen Wagen zugreifen können? Dann müsste das Auto schon in Fulda sein", dachte Robert laut.

„Mit dem ICE bist Du in knapp 30 Minuten in Kassel. Allerdings fährst Du wenigstens 45 Minuten zurück nach Fulda. Angenommen, Niklas möchte heute Abend, weil es das Wetter zulässt, eine Klettertour machen. Wie würde er das anstellen?"

„Er arbeitet bis 19.00 Uhr. Erst dann schließt die *Bergausrüstung*. Er könnte den ICE um zwanzig nach Sieben erreichen, dann wäre er gegen zehn vor Acht in Kassel-Wilhelmshöhe."

„Angenommen, das Fahrzeug stünde dort schon bereit, sodass er gleich weiterfahren könnte. Frühestens um halb Neun, nimmt er die Ausfahrt Fulda Mitte, um in die Rhön zu fahren."

„Falsch", unterbrach Robert, „er muss ja erst nach Hause fahren, um die Kletterausrüstung zu holen. Die nimmt er ja sicherlich nicht mit."

„Das ist richtig. Wenn er also erst nach Hause fährt, um seine Kletterausrüstung zu holen, schafft er es nicht vor Neun in die Rhön. Im Sommer geht die Sonne zwar erst spät unter, aber um halb zehn klettert kein Mensch mehr. Wenn er dann sein Zeug zusammenräumt, im Auto verstaut, zu Hause auslädt und den Wagen zurückbringt, ist es schon halb Zwölf, bis er wieder daheim ist. Grob geschätzt." Philipp schüttelte den Kopf: „Ich halte das für unwahrscheinlich."

„Es gibt doch noch die Kletterhalle am Petersberg! Dort könnte er bis 22.00 Uhr bzw. 23.00 Uhr klettern", warf Robert ein.

„Im Winter würde ich Dir zustimmen. Allerdings sagte Lisa Gottschalk aus, dass Niklas die Natur liebte. Geht ein Kletterer, der gerne draußen ist, im Sommer in die Kletterhalle? Doch eher nicht", gab Philipp zu bedenken. „Und ich glaube auch nicht, dass er für eine Fahrt nach Petersberg, die er auch locker mit dem Stadtbus bewältigen könnte, extra nach Kassel fährt, um sich ein Auto zu leihen. Nein, ich glaube, den Caddy in Kassel können wir von unserer Liste streichen."

„Das sehe ich genauso", stimmte Robert zu. „Bleiben die Privatfahrzeuge."

„Leider."

Stöhnend griffen die beiden Kommissare zum Telefon.

9

Lisa war erleichtert, als sie ihre Wohnungstür öffnete. Sie war nur eine Nacht nicht zu Hause gewesen, aber gefühlt war sie mindestens eine Woche weg. Nun hatte sie endlich Zeit, ihre Gedanken zu ordnen.

Sie nahm auf ihrem Sofa Platz. Auf dem Couchtisch stand ein Foto mit ihr und Niklas. Sie betrachtete das Foto, als wären die beiden Personen, die sie da anlachten, Fremde. Eine Frau mit langen, blonden Haaren, ungefähr 1,70 m groß und mit einer sportlichen Figur. Neben ihr ein mindestens 1,85 m großer junger Mann mit breitem Lachen, braunen, kurzen Haaren und Trägershirt. Er hatte eine athletische Figur. Ein schönes Paar sah sie auf dem Foto. Lisa erinnerte sich, dass dieses Foto bei einem Kletterevent aufgenommen worden war. Sie waren damals gerade wenige Wochen zusammen gewesen. Sie hatte zunächst gar nicht mitkommen wollen, weil sie mitten in ihren Prüfungen stand. Aber dieser unverschämte Kerl hatte es geschafft, sie vom Schreibtisch loszueisen. Abends hatte sie wieder in der Brauhausmühle bedient, um ihr Studentenleben zu finanzieren.

Lisa war fasziniert von der Leichtigkeit, mit der Niklas sein Leben führte. Er hatte vor Energie gesprüht, und sie ließ sich von ihm anstecken. Niklas hatte ihr bei den Prüfungsvorbereitungen geholfen. Sie war erstaunt gewesen, wie gut er die Betriebswirtschaftslehre beherrschte, obwohl er sein BWL-Studium geschmissen hatte. Wenn er ihr Zusammenhänge erklärte, hatte sich das nicht wie in den Büchern kompliziert und schwer, sondern immer ganz leicht und logisch angehört. Nicht zuletzt durch seine Hilfe hatte sie Ihre Prüfungen mit Bravour geschafft.

Lisas Bewerbung bei der counterfix direktbank hatte dann nur noch eine Formalität dargestellt. Schon vor den Prüfungen hatte sie Kontakt zu Bernadette Veilleux aufgenommen. Die counterfix direktbank warb ihr Personal gerne in der Studentenschaft der Hochschule Fulda an. Schließlich hatten sich die Gründer der Bank dort kennengelernt, und gründeten ihre erste Firma. Inzwischen wuchs die Firma auf etwa 40 Mitarbeiter, von denen rund zwei Drittel aus IT Fachleuten bestand. Bernadette Veilleux war eine der Gründerinnen.

Eine bleierne Trägheit erfasste Lisa. Sie konnte keinen klaren Gedanken mehr fassen. Ihr Telefon klingelte, aber sie schaffte es nicht, den Hörer abzunehmen. Sie fühlte sich leer und schlief letztlich ein. Erst am nächsten Morgen wurde sie wieder wach. Wenigstens waren ihre Lebensgeister so weit zurückgekehrt, dass sie es schaffte vom Sofa aufzustehen und zu duschen. Während das warme Wasser auf sie prasselte, spürte sie erstmals wieder so etwas wie Hunger. Lisa schlüpfte in ihren Bademantel und ging in die Küche. Sie erinnerte sich noch daran, dass das Telefon geklingelt hatte. Auf dem Display sah sie 15 erfolglose Anrufe, allesamt von Bernadette Veilleux. Sie war für Lisa inzwischen mehr als nur ihre Chefin. Lisa beschloss, nach einem kleinen Frühstück an ihre Arbeit zu gehen.

1 0

Lisa betrat die counterfix direktbank. Bernadette saß
hinter dem Tresen. Eigentlich war alles so wie
immer, dachte Lisa.

„Lisa, was tust Du hier?" Bernadette eilte ihr
entgegen, und nahm sie in den Arm. „Warum bleibst Du nicht
noch einige Tage zu Hause?"

„Was soll ich dort?" Lisa befreite sich aus Bernadettes
Armen. „Hier kann ich etwas Sinnvolles tun, und ich bin nicht
alleine."

Bernadette nickte, und Lisa ging in ihr Büro. Alles kam ihr
unwirklich vor. Vorgestern noch hatte sie in der Mittagspause
im Biergarten gesessen, für den Nachmittag plante sie ihre
Rekrutierungsstrategie für das Anwerben neuer Mitarbeiter
fertigzustellen. Dann waren zwei Männer in ihr Leben geplatzt
und hatten es mit einem Schlag verändert! Jetzt saß sie hier,
und wusste offen gestanden nicht, was sie tun solle.

‚Wir haben heute Niklas Mayer tot in seiner Wohnung
aufgefunden.' Damit war es raus. Sie kannte diesen Satz. In
Büchern oder im Fernsehen wird er dutzendfach genutzt. Er
beschreibt sachlich den Zustand des Opfers, und wo es
aufgefunden wurde. Aber dieses Opfer ist kein x-beliebiger

Schauspieler, dieses Opfer ist ihr Freund, mit dem sie ihr Leben teilen wollte. Und sie bekommt eine Sachstandsmeldung, wonach er tot in seiner Wohnung herumliegt. Das schreckliche Schicksal wird versachlicht, zu einem Vorgang umgeformt, in eine Kiste verpackt und ins Archiv gelegt. Das Opfer verschwindet unter der Erde. Selbst hierfür gibt es Vorschriften.

Lisa setzte ihre Handtasche auf den Schreibtisch. Dabei fiel sie um, und die Visitenkarte von Kriminalhauptkommissar Philipp Jung glitt auf die Tischplatte. Sie nahm die Karte in die Hand und betrachtete sie. Wie kann ein Mensch nur freiwillig solch einen Beruf wählen? Man hat es ja nur mit Abgründen, Tragödien oder Verfehlungen zu tun. Sie wusste nicht warum, aber im nächsten Moment nahm sie den Telefonhörer ab und wählte die Nummer des Kommissars.

„KHK Jung", krähte es aus dem Hörer. Offenbar erreichte sie Philipp Jung auf dem Mobiltelefon.

„Hier ist Lisa Gottschalk. Sie ermitteln...", Lisa merkte, dass sie den Satz nicht beenden konnte. Philipp Jung führte den Satz für sie zu Ende.

„...im Todesfall Niklas Mayer. Guten Tag Frau Gottschalk. Wie geht es ihnen heute?"

Wieder wurde der Tod versachlicht. Ob sie das in der Polizeischule lernen? Vielleicht war es auch nur ein Schutz, um mit dem zurecht zu kommen, was geschehen war. Um klarzukommen mit dem Tod, dem Elend, dem Verbrechen und all den Lügen, die sie ertragen mussten.

„Ich bin wieder im Büro." Sie wusste, dass sie Philipps Frage nicht beantwortet hatte. Sie wurde immer unsicherer. Sie wusste weder, weswegen sie Philipp Jungs Telefonnummer gewählt hatte, noch was sie von ihm wollte, oder was sie ihm mitteilen mochte. Sie blieb einfach stumm.

„Frau Gottschalk?", hörte sie Philipp Jung fragen, „sind sie noch da?" Wie gelähmt saß Lisa auf ihrem Stuhl, die Visitenkarte in der Hand und den Telefonhörer am Ohr. Was machte sie hier überhaupt?

„Frau Gottschalk, brauchen Sie Hilfe?", die Stimme des Hauptkommissars wurde immer unruhiger. Sie hörte ihn nur noch sagen: „Komm Robert, da ist was passiert." Dann wurde die Verbindung getrennt.

In Lisas Kopf breitete sich wieder die lähmende Leere aus. Sie konnte sich nicht bewegen, nicht denken oder sprechen. Sie saß einfach auf ihrem Stuhl, vor ihrem Schreibtisch, in ihrem Büro und atmete.

Nach einer Weile hörte sie aufgeregte Stimmen, die vom Eingangsbereich der counterfix direktbank in ihr Büro drangen. Normalerweise würde sie jetzt aufstehen, zur Tür gehen und nachschauen, was da vor sich ging. So blieb sie sitzen und starrte weiter auf die Visitenkarte des Hauptkommissars. Sie bemerkte, wie ihre Bürotür aufgerissen wurde und Philipp Jung hereinstürzte.

„Frau Veilleux, bringen Sie uns bitte ein Glas Wasser", wies Philipp Jung die Empfangsdame an. Er wusste nicht, dass er eine der Gründer- und Inhaberinnen des Unternehmens zum Wasserholen schickte. Er konnte es nicht wissen. Bernadette Veilleux eilte zur Teeküche. Lisa konnte den Wasserhahn hören.

Wenige Sekunden später brachte Bernadette dem Kommissar das Glas. Lisa wurde aufgefordert, etwas zu trinken. Sie verstand die Aufforderung, aber sie war unfähig, etwas zu unternehmen.

Sie stehe noch unter Schock, hörte sie Robert Thalberg sagen, warum sie überhaupt an die Arbeit gekommen sei?

Nur zu gerne hätte Lisa die Frage des Kommissars beantwortet, sie brachte aber kein Wort über ihre Lippen.

‚Es ist kalt', dachte Lisa. Sie fror. Bei Sonnenschein und etwa 20°C Außentemperatur. Im Büro mussten es aber mindestens 24°C sein. Lisa mochte es warm. Sie merkte, wie sie zu zittern begann und Robert Thalberg sah, wie sie litt. Der Kommissar zog seine Jacke aus und legte sie Lisa über die Schultern. Sie spürte die Wärme, die von der Jacke ausging. Und sie roch gut.

Die Berührung reichte aus, um Lisa handlungsfähig zu machen. Zur Überraschung der beiden Kommissare und ihrer Chefin wandte sie sich ihnen zu. Noch etwas zittrig setzte sie an zu sprechen:

„Wie ist Niklas gestorben?"

Lisa starrte die beiden Kommissare mit großen, aber leeren Augen an. Würden sie wieder eine sachliche Information geben? Einen emotionslosen und trockenen Abriss?

Lisa schauderte, als Philipp ihr von der Harpune erzählte. Wie würdelos muss er an der Wand gehangen haben, wie eine Marionette, die gerade nicht benutzt und hingehangen worden war. Weitere Angaben konnte oder wollte ihr der Polizist nicht geben.

Wer brachte Niklas um und warum? Auf diese Fragen ging der Hauptkommissar mit keiner Silbe ein. Robert Thalberg saß stumm neben seinem Kollegen. Er ließ Lisa nicht eine Sekunde aus dem Auge. Sie fühlte sich aber nicht beobachtet.

Bernadette Veilleux bekam von alledem nichts mit. Sie verschwand wieder an ihren Arbeitsplatz, als sich Lisa zu fangen schien. Robert schloss hinter ihr die Tür, wobei er ihr beim Gehen noch etwas länger als notwendig hinterher sah. Bernadette spürte seine Blicke. Es war ihr nicht unangenehm. Dieser Flic gefiel ihr. Er war größer als sein Kollege. Sie schätzte ihn auf mindestens 1,90 m. Breitschultrig und von athletischer Figur. Er hatte kurzes, leicht schütteres Haar, und einen modernen, kurzen Vollbart. Außerdem trug er keinen Ring an seinen Fingern.

Die Tür zu Lisas Büro wurde geöffnet. Die beiden Kommissare verabschiedeten sich von Lisa und gingen auf den Ausgang zu. Sie nickten Bernadette kurz zu und verließen die Bank. Etwas enttäuscht sah sie Robert noch hinterher, wandte sich jedoch schnell wieder ihrer Arbeit zu.

Es dauerte nicht lange, da klingelte es. Bernadette betätigte den Türöffner. Wenige Augenblicke später lächelte sie wieder, denn Robert Thalberg betrat die Bank. Er habe seine Jacke vergessen, sagte er. Robert ging zu Lisas Bürotür, klopfte an, und trat ein. Wenige Augenblicke später stand er mit der Jacke in der Hand vor Bernadettes Schreibtisch. Sie musste innerlich lachen, als Robert sie unbeholfen und etwas stockend zu einem Kaffee einlud.

„Sehr gerne", antwortete sie spontan. Eigentlich wollte sie ihn etwas länger zappeln lassen.

Robert hatte nicht mit einer Zusage gerechnet. Demzufolge schaute er etwas verdutzt, gewann aber schnell seine Fassung wieder. Sie verabredeten sich gleich für den nächsten Tag. Robert würde sie in der Mittagspause abholen.

Strahlend verabschiedete er sich.

1 2

Der Morgen zog sich wie Kaugummi. Die Suche nach dem Caddy brachte keine neuen Erkenntnisse. Pflichtbewusst klapperten Robert und Philipp einen Fahrzeughalter nach dem anderen ab. Eine mühselige Arbeit, zumal viele Halter mehrfach aufgesucht werden mussten. Zum Teil waren sie mit ihrem Fahrzeug an ihrer Arbeitsstelle oder schon im Urlaub. Robert fiel ein, dass er zwar seinen Urlaub eingetragen, aber noch nichts Festes geplant hatte. Meistens fuhr er spontan weg. Meistens allein. Deshalb freute sich Robert nicht besonders auf seine freien Tage. Solange er im Dienst war, hatte er seinen besten Freund täglich um sich. Doch Philipp verbrachte seinen Urlaub mit seiner Frau und den beiden Töchtern. Da hatte es Philipp besser.

Gerade in der Urlaubszeit fühlte sich Robert überflüssig. In seinem Freundes- und Bekanntenkreis war er der einzige, der noch solo war. Dabei war Robert alles andere als schüchtern und zog sich auch nicht zurück. Seine bisherigen Beziehungen waren in erster Linie an seinem Beruf gescheitert. Früher, im Streifendienst in Frankfurt, war es die Schichtarbeit. Heute, bei der Kriminalpolizei, waren es die häufig unplanbaren

Arbeitszeiten. Da nahmen die Täter und Opfer keine Rücksicht auf die Privatleben der Beamten. Trotzdem liebte er seinen Beruf. Er mochte die Abwechslung, die sein Beruf mit sich brachte. Im Gegensatz zu einem Bankangestellten, dessen Arbeitstag er sich ziemlich geregelt und berechenbar vorstellte, stellte ihn seine Tätigkeit immer wieder vor neue Herausforderungen. Leider blieb ein gewisser Bodensatz an eintöniger Polizeiarbeit auch an den Kommissaren kleben. Und dieser hieß im Moment Fahrzeughalter abklappern.

Robert und Philipp hatten eine Strategie, mit der selbst die eintönigste Arbeit erträglich wurde. Diese Strategie hatte Robert bei einem Bekannten kennengelernt, der sein Geld mit dem Verkauf von Versicherungen verdiente – und das nicht schlecht. Der erklärte ihm sein Vorgehen so. „Telefoniere nicht so lange, bis Du zehn Termine hast, telefoniere so lange, bis Du zwanzigmal ‚Nein, ich habe kein Interesse.‘ gehört hast. Somit feierst Du mit jeder Absage Erfolgserlebnisse. Denn entweder füllst Du Deine „Nein"-Liste oder du bekommst einen Termin! Beides bringt dich weiter."

Zunächst hielt Robert diese Strategie für das dumme Geschwätz eines Versicherungsvertreters. Je länger er sich die Idee durch den Kopf gehen ließ, desto plausibler wurde sie ihm. Er probierte sie in abgewandelter Form aus und wandte sie seither bei allen passenden eintönigen Routineaufgaben an. Und bei der Fahrzeugsuche funktionierte die „Nein"-Liste wunderbar!

Roberts Bauch fing an zu knurren. Er schaute auf die Uhr: viertel vor zwölf! Das hieß, in wenigen Minuten traf er sich mit der hübschen Empfangsdame der counterfix direktbank Bernadette Veilleux. Jetzt musste er sich nur noch mit einer Ausrede von seinem Kollegen Philipp Jung loseisen. Ihm schien ein Besuch in einem Reisebüro logisch. Doch er musste sich gar nicht seiner Notlüge bedienen, denn Philipp wollte während seiner Mittagspause nach Hause zu seiner Familie zum Essen fahren.

Punkt fünf Minuten vor zwölf Uhr stand Robert vor der Bank. Er wurde mit jeder Sekunde immer nervöser. Dieses Wechselbad der Gefühle! Einerseits, und so viel Selbstbewusstsein hatte Robert, war er ein attraktiver junger Mann. Aber andererseits war Bernadette einen umwerfend schöne Frau. Was wollte die schon von einem einfachen Polizisten? Robert schaute wieder auf die Uhr. Es war schon fast zehn nach zwölf. Ob Bernadette überhaupt noch kam? Die Eingangstür des Bürohauses öffnete sich, und Bernadette trat auf die Straße. Sie sah Robert in die Augen, er spürte einen Schlag in die Magengrube.

„Hallo Herr Kommissar! Excusez moi, ich kam nicht weg. Warten Sie schon lange?"

„Nein, nein, Madame Veilleiux! Ich bin auch gerade erst gekommen", log Robert. „Wollen wir in die *Kaffeerösterei* gehen?"

„Warum nicht?", sagte Bernadette. Sie lächelte ihn an und dachte: ‚Soso, gerade erst gekommen! Ich habe Dich schon vor einer viertel Stunde vom Fester meines Büros aus gesehen.'

Robert genoss den Weg durch das frühsommerliche Fulda. In der ganzen Stadt standen vor den Cafés und Restaurants Stühle und Tische, die jetzt zur Mittagszeit blitzschnell belegt waren. Vor der Kaffeerösterei gab es auch ein paar Bistrostühle, doch waren die begehrten Sitzplätze nicht vor dem Café, sondern im Innenhof.

Bernadette und Robert hatten Glück, und ergatterten den letzten freien Tisch.

„Kennen Sie café gourmand?", fragte Bernadette. „Monsieur von Dalwigk bietet dies seit kurzem an. Es schmeckt hier fast so gut wie in Frankreich."

Robert war ehrlich und gab zu, dass er café gourmand nicht kannte, bestellte ihn aber zwei Mal. Kurze Zeit später brachte die Bedienung zwei flache Porzellanplättchen, auf denen sich eine Tasse Espresso, ein kleines Stückchen Schokokuchen, eine kleine Crème brûlée, eine Kugel Vanilleeis und ein Klecks Sahne befanden. Es folgte noch jeweils ein Glas Wasser.

Bernadette und Robert unterhielten sich prächtig. Sie stellten fest, dass sie beide einige Gemeinsamkeiten hatten.

Plötzlich fuhr ein dunkelbrauner VW Caddy auf den Hinterhof. Ein etwa 50 Jahre alter Mann stieg aus dem Auto. Er hatte graumeliertes Haar, einen dicken, grauen Vollbart, und trug einen hellen Leinenanzug. Zielgerichtet lief er lächelnd auf ihren Tisch zu.

„Guten Tag, Madame Veilleux. Wie geht es Ihnen? Lassen Sie sich einen café gourmand schmecken? Ich muss ihnen noch einmal ganz herzlich für Ihren Tipp danken. Die kleine Platte mit den süßen Leckereien schlug ein wie eine Bombe!"

„Bonne journée, Monsieur von Dalwigk, ich danke Ihnen. Sie haben mir ein kleines Stückchen Frankreich nach Fulda gebracht. Darf ich Ihnen meine Begleitung, Commissaire Thalberg, vorstellen?"

Karl-Georg von Dalwigk, der Besitzer der Kaffeerösterei, nickte Robert Thalberg zu, murmelte „Angenehm", verabschiedete sich von Bernadette, und ging in sein Café.

Von Dalwigk hatte vor einigen Jahren die Kaffeerösterei gegründet. Zunächst hatte er sich auf den Verkauf seines Kaffees in einem kleinen Verkaufsladen beschränkt. Vor etwa drei Jahren eröffnete er das Café Kaffeerösterei. Obwohl das Café nicht direkt in der Fußgängerzone lag, entwickelte es sich schnell zu einer beliebten Lokalität. Neben dem Kaffeeverkauf und der Bewirtung der Gäste konnten die Kunden in speziellen Kaffeeseminaren die perfekte Zubereitung des jeweiligen Kaffees lernen. Von Dalwigk machte sich schnell über die Grenzen des Landkreises hinaus einen Namen. Der Laden brummte.

Seit dem Erscheinen von Dalwigks litt Roberts Aufmerksamkeit sichtlich. Er wurde von dem dunkelbraunen Lieferwagen abgelenkt. Bernadette sah, dass Roberts Augen immer öfter zu dem unscheinbaren Lieferwagen auf dem Innenhof wanderten. Sie fragte sich, was an dem Auto derart interessant schien, dass sich Robert so von ihm einnehmen ließ? Robert gab sich redlich Mühe, die Leichtigkeit, die das bisherige Treffen auszeichnete, beizubehalten. Doch es glückte ihm nicht.

Robert hielt es nicht mehr im Café. Er musste sich diesen von Dalwigk mit seinem dunkelbraunen Caddy genauer anschauen. Er winkte die Bedienung an ihren Tisch und zahlte. Er gab ein mehr als großzügiges Trinkgeld. Anschließend entschuldigte er sich bei Bernadette und eilte ins Polizeipräsidium.

1 3

Hauptkommissar Philipp Jung hörte aufmerksam, was ihm Kommissar Robert Thalberg zu berichten hatte. Der Inhaber der Kaffeerösterei Karl-Georg von Dalwigk fuhr einen dunkelbraunen VW Caddy, ein Lieferwagen, der im Zusammenhang mit dem Mord an Niklas Mayer gesucht wurde. Vor dem Besuch bei von Dalwigk, wollten sich die Kommissare noch ein genaueres Bild von ihm machen.

Karl-Georg von Dalwigk besaß die Kaffeerösterei in Fulda. Er war verheiratet mit Carmine von Dalwigk, die unter ihrem Geburtsnamen Antonelli als Immobilienmaklerin tätig war. Sie wohnten in einem Neubaugebiet in einem noblen Fuldaer Vorort. Philipp wunderte sich, dass sich die von Dalwigks dort eine Immobilie leisten konnten. Die Kommissare setzten sich in den Dienst-BMW, und fuhren zu der Privatadresse der Familie von Dalwigk.

Sie staunten nicht schlecht, als sie ihr Ziel erreichten. Auf einem weitläufigen Grundstück stand ein elegantes Wohngebäude im Bauhausstil. Die gesamte Anlage wirkte wie aus einem Guss. Bis ins letzte Detail waren Vorgarten, Beete und Wege harmonisch und passend aufeinander abgestimmt.

Das gesamte Grundstück wurde von einem dunkelgrauen, etwa eineinhalb Meter hohen Stahlzaun umschlossen. Um zum Haus zu gelangen, musste entweder das beinahe unsichtbare Zufahrtstor oder die ebenfalls unauffällig in den Zaun integrierte Tür geöffnet werden. Selbst der Briefkasten fügte sich unscheinbar in den Zaun. Dort befanden sich auch Türklingel und eine Kamera, die den von Dalwigks einen Blick auf ihre Besucher gewährte.

Philipp Jung drückte auf den Klingelknopf. Eine Frauenstimme meldete sich: „Ja, bitte?"

„Kriminalpolizei. Öffnen Sie bitte die Tür", antwortete Philipp knapp.

Die Frauenstimme verlangte einen Blick auf die Dienstausweise der Kommissare.

Nachdem Philipp und Robert ihre Ausweise in die Kamera gehalten hatten, surrte der Türöffner, und das Tor schwang auf. An der Haustür angelangt, konnten die Kommissare einen Blick unter den Carport werfen. Von der Straße nicht einsehbar, standen dort die beiden Privatfahrzeuge der Familie von Dalwigk. Ein schwarzer Porsche 911 und ein schwarzer Range Rover.

Carmine von Dalwigk öffnete die Tür und bat die Kommissare ins Haus. Der großzügige Vorraum des Hauses war ebenso schlicht wie edel eingerichtet. Ein cognacfarbenes Barcelona-Sofa sowie der passende Barcelona-Tisch standen vor der weißverputzten Wand. Gegenüber hing eine Kopie von Oskar Schlemmers Bauhaustreppe. Hinter dem Vorraum konnten sie die großen Glasflächen sehen, die einen ungehinderten Blick auf den Garten freigaben. Carmine von Dalwigk trug einen eleganten weißen Anzug. Ihre Haare hatte sie zu einem Bob schneiden lassen.

„Wie kann ich ihnen helfen?", fragte Frau von Dalwigk. Dabei schaute sie die Kommissare aufmerksam an.

„Sie besitzen einen VW Caddy, Frau von Dalwigk?", wollte Philipp Jung wissen.

„Mein Mann fährt solch einen Wagen. Wissen Sie, er transportiert damit seine Waren. Er könnte ja auch den Range Rover nutzen, aber er meint, der Lieferwagen wäre besser für sein Geschäft."

„Was meinen Sie mit, es wäre besser für sein Geschäft?", wollte Robert wissen.

„Nun ja, Sie haben sicherlich gesehen, dass es uns finanziell nicht schlecht geht. Allerdings wird ihnen beruflicher Erfolg nicht von allen Teilen der Gesellschaft gegönnt. Ein einfacher Caddy kommt bei der Kundschaft besser an, als ein Range Rover."

„Damit könnten Sie Recht haben", stimmte Robert zu, „aber sagen Sie, können wir mit Ihrem Mann sprechen?"

„Er müsste noch in der Kaffeerösterei sein. Sie haben mir noch nicht gesagt, weswegen Sie uns aufsuchen? Ich kann mir kaum vorstellen, dass Sie sich ausschließlich für unseren Lieferwagen oder unseren restlichen Fuhrpark interessieren."

„Das stimmt natürlich, Frau von Dalwigk. Im Zusammenhang mit einem anderen Delikt überprüfen wir zurzeit alle Halter dieser Fahrzeuge. Und so führt uns unser Weg zu Ihnen."

„Um welches ‚Delikt' handelt es sich denn?" fragte Carmine von Dalwigk.

„Wir ermitteln im Zusammenhang mit einem Tötungsdelikt", antwortete Philipp Jung kurz.

Carmine von Dalwigk nickte kurz.

„Wie passt unser Wagen in Ihre Ermittlung? Dies kann ich noch nicht erkennen."

„Nutzt ausschließlich ihr Mann das Auto?"

„Wie meinen Sie das? Natürlich fahre ich auch mit dem Wagen."

„Genau. Fährt noch jemand anderes mit dem Caddy?"

„Unter Umständen fährt eine Mitarbeiterin meines Mannes mit dem Auto. Das müssten Sie ihn aber selbst fragen."

„Eine letzte Frage habe ich noch, Frau von Dalwigk, dann sind Sie uns schon wieder los", sagte Philipp freundlich. „Können Sie sich vorstellen, dass Ihr Mann den Caddy auch verliehen hat?"

„Das glaube ich kaum. Wie ich Ihnen aber schon sagte, wer außer mir noch mit dem Wagen gefahren ist, fragen Sie bitte meinen Mann. Ich kann Ihnen dazu keine Auskunft geben. Sie haben mir aber noch nicht erklärt, wie unser Auto in Ihre Ermittlungen passt."

„Das Opfer lieh sich regelmäßig ein Fahrzeug, dessen Beschreibung zu Ihrem Caddy passt, von einem Bekannten aus. Wir möchten nun wissen, wer dieser Bekannte ist. Unter Umständen ist er ein wichtiger Zeuge."

Die Kommissare verabschiedeten sich von Carmine von Dalwigk. Sie schaute den beiden Männern noch eine Zeit nachdenklich hinterher, bevor sie die Haustür schloss. Woher sollte sie wissen, ob ihr Mann den Caddy verleiht? Auszuschließen war dies nicht, denn Karl-Georg von Dalwigk ließ den Wagen immer im Hinterhof der Kaffeerösterei stehen. Entweder lief er zu Fuß, oder er nutzte sein Rad. Wenn es terminlich passte, nahm sie ihn auch auf dem Nachhauseweg mit. Carmine und Karl-Georg von Dalwigk achteten stets darauf, dass nicht allzu viele Kunden oder Passanten ihre Privatfahrzeuge sahen.

Carmine von Dalwigk schaute auf die Uhr. Sie hatte noch einen Termin in der Nähe von Frankfurt. Ihre Immobilienfirma, die sie von ihrem Vater geerbt hatte, handelte ausschließlich mit gehobenen Objekten oder gewerblichen Gebäuden. Ihre Kundschaft war, im Gegensatz zu der ihres Mannes, der alle Gesellschaftsschichten bediente, durchweg vermögend, wenn nicht sogar sehr vermögend. Sie griff nach dem Schlüssel des Range Rovers und ihrer ledernen, schwarzen Mappe.

Carmine von Dalwigk bevorzugte den komfortablen Geländewagen. Den brettharten Porsche fuhr sie nur, wenn sie Termine in der Nähe hatte. Sie wollte ihren Mann über das Autotelefon anrufen.

Philipp Jung parkte den BMW in der Nähe der Kaffeerösterei. Die letzten Meter legten sie zu Fuß zurück. Der Besuch bei Carmine von Dalwigk beschäftigte beide Kommissare. Warfen beide Geschäfte so viel ab, um diesen extravaganten Lebensstil zu finanzieren?

„Ich würde mir gerne die Steuererklärungen der von Dalwigks anschauen. So viel Kaffee kann er doch gar nicht verkaufen, um sich diese Prachtvilla leisten zu können.“

„Oder sie leben vom Immobilienverkauf seiner Frau“, entgegnete Robert Thalberg.

Karl-Georg von Dalwigk stand vor einer großen, regalartigen Holzwand, an der gläserne Bulk-Bins befestigt waren. Mit diesen Spendern, die entfernt an Kaugummi-Automaten erinnerten, konnten die verschieden gerösteten Kaffeebohnen portionsweise verpackt werden. Durch die Fenster und die geöffnete Tür an der Rückseite des Cafés konnten sie auf den vollbesetzten Innenhof blicken.

Außerdem stand dort auch der gesuchte Caddy.

„Was kann ich für Sie tun?“, fragte Karl-Georg von Dalwigk freundlich die beiden Kommissare und schob sich seine schwarze Pantobrille zurecht.

„Hauptkommissar Jung und Kommissar Thalberg. Sie sind Karl-Georg von Dalwigk?“ fragte Robert Thalberg.

Von Dalwigk nickte kurz und wies den Weg zu seinem Büro, wo sie ungestört sprechen konnten. Die Kommissare bemerkten, dass nicht nur das Café, sondern auch das Büro außergewöhnlich hochwertig eingerichtet waren. Sie nahmen auf schwarzen Wassily-Stühlen Platz.

Unaufgefordert servierte von Dalwigk den Kommissaren und sich selbst einen Espresso.

Es überraschte die Kommissare, dass von Dalwigk noch nicht von seiner Frau über ihren Besuch informiert worden war. Tatsächlich war es ihnen sogar recht, dass sie von Dalwigk unbeeinflusst befragen konnten.

Karl-Georg von Dalwigks Befragung gestaltete sich ebenso reibungslos wie uninteressant, ganz so wie bei seiner Frau. Er würde lieber mit einem unscheinbaren Lieferwagen seine Waren transportieren als mit dem Range Rover. Er gehe davon aus, dass ihm der teure Geländewagen einiges an Laufkundschaft kosten würde. Er bekomme es täglich in seinem Café mit, wie sich manche Kunden neiderfüllt über einige Fuldaer Geschäftsleute und Unternehmer unterhielten. Er bestätigte, dass der Caddy auch nachts im Hinterhof des Cafés stehen bleibe.

„Wer, außer Ihrer Frau und Ihnen, fährt denn mit dem Wagen?", wollte Robert wissen.

„Meine Mitarbeiter nutzen den Wagen für geschäftliche Fahrten. Es kommt durchaus vor, dass große Bestellungen auch weiter weg ausgeliefert werden müssen. Dann kann es sein, dass ein Mitarbeiter den Wagen über Nacht bei sich zu Hause parkt und ihn am nächsten Tag wieder zurückbringt."

„Sie liefern Ihren Kaffee auch direkt aus?"

„Selbstverständlich! Allerdings nicht jede Lieferung. Es kommt allerdings auch auf den Kunden an."

„Können Sie das näher erklären?", hakte Philipp nach.

„Wie Sie sicherlich bereits wissen, ist meine Frau als Immobilienmaklerin tätig. Es bleibt nicht aus, dass hierüber geschäftliche Beziehungen zu meiner Kaffeerösterei begründet werden. Meine Frau ist auf exklusive Immobilien und

Gewerbeimmobilien spezialisiert. Einige ihrer Kunden, die ihre Gewerbeflächen über meine Frau vermieten, sind nun auch Stammkunden bei mir geworden. Diese Bestellungen werden von mir, wenn der Wunsch besteht, direkt ausgeliefert."

„Was bedeutet ‚weiter weg'? Innerhalb welches Radius liefern Sie direkt aus?"

„Deutschlandweit. Manchmal auch bis in das angrenzende europäische Ausland. Nach Übersee, wenn Sie das meinen, habe ich bisher noch nicht exportiert", lachte von Dalwigk.

„Lohnt sich das überhaupt für Sie?"

Von Dalwigk legte ein verschmitztes Lächeln auf: „Für mein Geschäft lohnen sich diese Aufträge nicht, eher für meine Frau. Verraten Sie mir bitte, in welchem Zusammenhang Sie mir all diese Fragen stellen?"

„Wir ermitteln in einem Tötungsdelikt. Von Zeugen haben wir erfahren, dass das Opfer regelmäßig in einem dunklen Lieferwagen, der Ihrem Caddy entsprechen könnte, gesehen wurde."

Von Dalwigk schaute bestürzt.

„Sie müssen uns die Frage nicht beantworten", begann Philipp Jung etwas umständlich, „das Café scheint ja ganz gut zu laufen."

Karl-Georg von Dalwigk unterbrach ihn: „Und jetzt fragen Sie sich, wie wir unseren Lebensstil finanzieren?"

Noch bevor Philipp antworten konnte fuhr von Dalwigk fort: „Sie vermuten richtig, alleine von meinem Café und dem Verkauf von Kaffeeprodukten könnten wir diesen Lebensstil nicht führen. Ich habe vor meiner Selbstständigkeit BWL studiert. Anschließend arbeitete ich in verschiedenen international tätigen Industrieunternehmen in der Immobilienverwaltung. So habe ich auch meine Frau kennengelernt.

Kaffee war aber schon immer meine Leidenschaft. Bereits zu Studentenzeiten habe ich in kleinen Mengen geröstet, und konnte mir einen gewissen Kundenstamm aufbauen, und nebenbei etwas Geld verdienen. Nach meinem Studium habe ich das Kaffeerösten eingestellt.

Jedenfalls nach ein paar Jahren in der Industrie hatte ich genug Geld verdient, um ein sorgenfreies Leben führen zu können. Als dann das Unternehmen, bei dem ich zuletzt beschäftigt war, Insolvenz anmelden musste, saß ich auf einmal auf der Straße. Ich erinnerte mich an meine Studentenzeit, und schon war die Idee einer eigenen Kaffeerösterei geboren.

Heute habe ich meine Leidenschaft zum Beruf gemacht. Da ich alle Investitionen ohne jegliche Bankkredite leisten konnte, somit praktisch schuldenfrei bin, konnte ich mein Unternehmen direkt in die Gewinnzone führen. Heute beschäftige ich in Spitzenzeiten bis zu 15 Mitarbeiter."

‚Klingt einleuchtend', dachte Philipp, und nickte Robert zu.

„Prima, das war's schon. Sie haben uns sehr geholfen, Herr von Dalwigk. Eine Frage habe ich noch, hat Ihr Caddy Allrad?"

„Ja, hat er. Ich muss mich wieder um meine Gäste kümmern. Darf ich Sie noch bis zur Tür begleiten?", fragte von Dalwigk, obwohl es sich bei seiner Frage eher um eine Aussage handelte.

Nach dem Besuch strichen die Kommissare von Dalwigk von ihrer Liste.

„Es hilft nichts, wir müssen auf den Bericht der Gerichtsmedizin warten. Der wird aber erst Montag da sein.", sagte Philipp und schaute auf seine Uhr. Sie zeigte halb Fünf nachmittags.

„Schönes Wochenende, Robert!"

1 4

Das Wetter am Wochenende war wunderschön. Trotzdem konnte Philipp Jung die zwei freien Tage nicht richtig genießen. Zu sehr drehten sich seine Gedanken um den toten Niklas Mayer. Es ärgerte ihn, dass sie in ihren Ermittlungen noch keinen Schritt nach vorne gemacht hatten. Philipp hatte das Gefühl, ein Phantom zu jagen. Sie wussten noch nicht, mit wem sich Niklas traf, wenn er nicht bei seiner Freundin Lisa Gottschalk war. Und sie tappten noch im Dunkeln bei der Suche nach dem ominösen Bekannten, der Niklas seinen Caddy lieh. Von einem Motiv waren sie auch noch meilenweit entfernt. Hoffentlich brachte der Bericht der Gerichtsmedizin neue Anhaltspunkte. Montagmorgen ging Philipp daher schon früher als gewohnt ins Präsidium.

Philipp steuerte seinen BMW zielsicher auf einen Präsidiumsparkplatz. Kurze Zeit später öffnete er die Tür zu seinem Büro. Der Duft von frischem Kaffee lag in der Luft. Robert war also auch schon da. Er saß an seinem Schreibtisch, und war in das vor ihm liegende Dokument vertieft.

Außerdem stand ein kleines Päckchen neben ihm.

Robert schaute auf: „Guten Morgen. Der Kaffee ist fertig, und die Gerichtsmedizin hat sich gemeldet."

Erleichterung machte sich auf Philipps Gesicht breit, und sein Jagdinstinkt wurde wieder geweckt: „Und, was schreiben sie?"

Robert fasste den Bericht in wenigen kurzen Sätzen zusammen, während sich Philipp mit einer Tasse schwarzen, dampfenden Kaffees an seinen Schreibtisch setzte. Zwischen Montagabend 23.00 Uhr und Dienstagmorgen, 02.00 Uhr wurde als Todeszeitpunkt angegeben. Als Todesursache wurde der Kopfschuss mit der Harpune festgemacht.

Interessant wurde der Bericht aber erst, als Robert zu den weiteren Untersuchungen kam. Niklas nahm regelmäßig Drogen. Darauf wiesen die Blut- und Haaruntersuchungen hin. Zum Zeitpunkt seines Todes hatte er eine große Menge Alkohol und Drogen zu sich genommen. Es fanden sich eindeutige Zeichen von körperlicher Gewalt am Körper des Toten. Man könne davon ausgehen, dass das Opfer von einer Person an die Wand gedrückt worden sei, während eine zweite Person den tödlichen Schuss ins Auge abfeuerte. Außerdem wurde bei Niklas ein wertvoller Ring in seinem Magen gefunden. Man gehe davon aus, dass Niklas die Drogen und den Alkohol zu sich nehmen musste, um sich zu übergeben. Das habe wohl auch geklappt, denn entsprechende Einblutungen in seinem Auge würden dafür sprechen. Allerdings wurde der Ring, auf den es der oder die Täter abgesehen hatten, nicht nach außen befördert. An der Kleidung des Toten fanden sich Spuren von frischem, also nicht gebrühtem Kaffee.

„Das ist interessant", Philipp nahm einen großen Schluck Kaffee, „unser allseits beliebte Outdoorverkäufer war ja ein ganz schlimmer Finger. Apropos Finger, ist der gefundene Ring in dem kleinen Päckchen da?"

„Ja, ist er." Robert förderte einen eher unscheinbaren silbernen Ring mit großem Stein zutage. „Hier haben sich die Kollegen schon mächtig ins Zeug gelegt. Es handelt sich um einen Damenring aus 585er Weißgold. Der Stein ist eine Brillant, etwa 1 Karat. Der Wert wird mindestens auf 11.000 Euro geschätzt."

„Eindeutig nicht unsere Preisklasse. Gib mal her."

„Weshalb verschluckt ein Outdoorverkäufer einen Elftausend-Euro-Ring? Woher stammt der Ring? Was hatte er damit vor?"

„Befragen wir Lisa Gottschalk", schlug Philipp vor.

Lisa Gottschalk saß an ihrem Schreibtisch. Die Arbeit tat ihr gut, denn so drehten sich ihre Gedanken nicht ausschließlich um den Tod ihres Freundes Niklas. Bernadette Veilleux, ihre Chefin, kümmerte sich ebenfalls rührend um sie. Wann immer Lisa das Bedürfnis zum Reden hatte, nahm sich Bernadette Zeit. Lisa war sich bewusst, dass sie eine außergewöhnliche Chefin hatte.

Die Türklingel läutete. Lisa schreckte hoch. Die counterfix direktbank hatte keine Laufkundschaft, alle Bankgeschäfte wurden online über den Computer abgewickelt. Wenn in den letzten Tagen die Türklingel läutete, waren die Besuche meist alles andere als angenehm. Es waren in der Regel Besuche von der Polizei.

Die Tür ihres Büros war geschlossen. Im Empfangsbereich wurde nur gedämpft gesprochen. Offenbar war der Postbote gerade da. Sie konnte sich wieder in Ruhe ihrer Arbeit zuwenden. In das Gemurmel aus dem Empfangsbereich mischte sich erneut das Geräusch der Türklingel. Sie hörte Schritte, die Eingangstür zur Bank fiel mehrfach ins Schloss, und die Stimmen, die sie vernahm, kamen ihr seltsam bekannt vor. In diesem Moment öffnete sich ihre Bürotür, und hinter

Bernadette tauchten die beiden Kommissare Philipp Jung und Robert Thalberg auf. Das bedeutete nichts Gutes.

Philipp schritt zu Lisas Schreibtisch und reichte ihr die Hand zum Gruß. Lisa bot ihm einen Stuhl an. Robert sah noch kurz Bernadette hinterher, schloss dann die Tür und nahm ebenfalls Platz.

„Wir möchten Sie auf den aktuellen Stand unserer Ermittlungen bringen", begann Philipp Jung. Behutsam versuchte Philipp zu erklären, dass sie Drogen in Niklas Blut gefunden haben.

„Wie können Sie es wagen, Niklas als einen Drogenjunkie zu bezeichnen?", Lisa war außer sich vor Wut. Robert versuchte sie zu beruhigen.

„Niklas Mayer war sicher kein Drogenjunkie. Aber die durchgeführte Haaranalyse zeigte, dass er regelmäßig Drogen zu sich nahm. Leider können wir Ihnen diese Details unserer Ermittlung nicht vorenthalten."

Philipp Jung kramte umständlich in seiner Jackentasche. Er förderte ein kleines Kunststofftütchen zutage. Er reichte Lisa das Tütchen und fragte, ob ihr der Ring bekannt sei. Diese Fragen konnte Lisa schnell beantworten. Nein, diesen Ring habe sie noch nie gesehen. Sie wollte wissen, wo die Kommissare den Ring gefunden hätten. Philipp schaute nachdenklich zu Robert. Was dann aus dem Mund des Hauptkommissars kam, verschlug Lisa vollends die Sprache. Sie spürte, wie sich die Worte immer weiter von ihr wegbewegten, ganz so, als ob sie sich in einer großen Röhre von Hauptkommissar Jung fortbewegte. Sie versuchte sich zu konzentrieren. Die Worte kamen wieder näher. Aber sie verstand nicht, was der Kommissar ihr mitteilen wollte. Sie fühlte eine Hand auf ihrer Schulter. Der andere Kommissar schaute sie besorgt an. Obwohl er unmittelbar bei ihr war, hörte sie seine Stimme nur verschwommen. Kommissar

Thalberg drückte ihr ein Glas Wasser in die Hand und machte ein Zeichen, dass sie trinken solle. Überfordert von der Situation nahm sie die Order ohne nachzudenken an und trank. Sie spürte, wie das kühle Wasser die Kehle hinunterfloss und im Magen ankam. Langsam wurden die Stimmen der Kommissare wieder klarer. Der zweite Schluck beförderte Lisa Gottschalk wieder zurück in das Hier und Jetzt.

„Entschuldigen Sie bitte, ich konnte Ihnen nicht ganz folgen", sagte sie langsam.

Robert nahm vorsichtig Lisas Hand. Er spürte, dass ihre Hände eiskalt waren.

„Sind Sie sicher, dass wir weitermachen können?", fragte Philipp Jung. Lisa nickte. Sie wusste, dass sie die Konfrontation mit der schrecklichen Tat nicht umgehen konnte.

Roberts kräftige Hände gaben ihr auf seltsame Weise den nötigen Halt.

Lisa konnte nichts Neues zu den Ermittlungen beitragen. Im Gegenteil, sie musste sich an den Gedanken gewöhnen, dass sie ihren Freund Niklas Mayer nur bedingt kannte.

‚In was ist er da reingerutscht?', ging ihr durch den Kopf.

Sie konnte sich nicht vorstellen, dass Niklas freiwillig in diese Geschichte verstrickt war.

Die Kommissare verabschiedeten sich von Lisa und schlossen die Bürotür hinter sich. Philipp und Robert hatten fast die Eingangstür erreicht, da machte Robert kehrt. Er müsse kurz auf die Toilette, sagte er Philipp.

Außer Sicht- und Hörweite seines Chefs ging er zu Bernadette. Ihren zweifelnden Blick konnte er nicht deuten. Vorsichtig versuchte er ihr zu erklären, was ihn bei ihrem letzten Treffen abgelenkt hatte . Sie schaute ihn weiter zweifelnd an. Robert merkte, wie er unsicher wurde. Er wollte nicht zulassen, dass dieses eine verkorkste Treffen ihre

Beziehung beendete, bevor sie überhaupt begann. Trotz des abrupten Endes ihres ersten Treffens hatte er das Gefühl, dass die Chemie zwischen ihnen beiden stimmte. Für ihn war das Ziel klar, er wollte Bernadette unbedingt wiedersehen.

„Habe ich eine Chance auf ein gemeinsames Abendessen?"

„Ich denke, zum jetzigen Zeitpunkt eher nicht."

Die nächsten Tage waren für die Kommissare Jung und Thalberg lang, aber wenig ergiebig. Bisher konnten alle VW Caddy Halter von ihrer Liste gestrichen werden. Ihre Mittagspause verbrachten sie meist im Schatten eines Baumes im Biergarten der Brauhausmühle bei einem kühlen Glas Wasser. An diesem Donnerstag stießen die beiden Kommissare auf zwei ihrer Kollegen, Thomas Baier und Steffen Heck, die offenbar das gleiche Mittagspausenziel hatten. Sie fanden einen passend großen Tisch unter der mit Wein bewachsenen Laube. Philipp bestellte vier Wasser.

Schnell führten die Gespräche zu ihren laufenden Fällen, Als Philipp den im Magen gefundenen Ring beschrieb, fragte ihn Thomas Baier, ob er nicht ein Foto des Rings dabeihabe. Er habe sich in den letzten Tagen mit einem Frankfurter Kollegen über einen Einbruch im nahen Bad Sasshausen bei Frankfurt unterhalten, bei dem unter anderem ein außergewöhnlich teurer Ring entwendet wurde. Zwar sei die Chance, dass es sich hierbei um den gesuchten Ring handeln würde, ausgesprochen gering, vielleicht spiele das Glück zur Abwechslung mal den Polizisten in die Hände. In der Tat kramte Philipp Jung ein Foto des Rings aus seiner Jackentasche und gab es dem Kollegen Baier.

„Besten Dank. Ich kläre für Dich ab, ob das der gestohlene Ring ist. Das Foto bringe ich Dir wieder zurück", versprach Baier.

„Ja, mach das. Das Foto brauche ich nicht zurück, ich kann es mir erneut abziehen lassen. Wenn das der gesuchte Ring ist, fress ich einen Besen", meinte Jung.

Thomas Baier lachte: „Lass den Besen in Ruhe, lad mich dann lieber zu einem Bier ein!"

„Einverstanden."

Die Mittagspause mit den Kollegen Baier und Heck war ein voller Erfolg. Noch am gleichen Tag kontaktierte Thomas Baier seinen Kollegen in Frankfurt. Treffer! Obwohl niemand damit gerechnet hatte, konnte der in Niklas Mayers Magen gefundene Ring dem Diebstahl in Bad Sasshausen zugerechnet werden.

Philipp Jung und Robert Thalberg waren gerade auf dem Weg zum nächsten Caddy Halter, als Philipps Mobiltelefon klingelte. Er stoppte seinen BMW. Robert, der auf dem Beifahrersitz saß, sah, wie sich die Miene seines Chefs im Sekundentakt erhellte. Hastig wies ihn Philipp an, er solle sich eine Adresse notieren: Jahnstraße 43, 60550 Bad Sasshausen. Es war erst gegen halb Drei. Philipp beschloss, umgehend Richtung Frankfurt zu fahren.

Der BMW schoss über die A66. Etwa eineinhalb Stunden nach dem Telefonat mit Thomas Baier, bogen Philipp Jung und Robert Thalberg in die Jahnstraße im Bad Sasshausener Villenviertel. Langsam rollte der BMW die Straße entlang. Sie passierten ein herrschaftliches Anwesen nach dem anderen.

Endlich erreichten sie die Nummer 43. Philipp parkte den BMW an der Straße.

Die beiden Kommissare liefen die Auffahrt der Jugendstilvilla zu Fuß hinauf. An der Tür wartete bereits ein etwa 50-jähriger Mann, der sich mit seinem Dienstausweis als Hauptkommissar Volker Mehlmann vorstellte. Bevor sie die Klingel an der Haustür betätigten, tauschten die Kommissare ihre bisherigen Ergebnisse und Visitenkarten aus.

Dr. Friedemann Jungwirth, ein inzwischen pensionierter Gefäßchirurg, öffnete die Tür. Über den Besuch war er bereits von Hauptkommissar Volker Mehlmann informiert worden. Die Fuldaer Kommissare wollten sich zunächst ein Bild von der Stelle machen, über die der Einbrecher ins Haus gelangt war, anschließend von dem Ort, wo Dr. Jungwirth den Ring aufbewahrt hatte.

Jung und Thalberg staunten nicht schlecht, als sie Dr. Jungwirth über die elegant geschwungene Treppe in das zweite Obergeschoss der Villa führte. Sie wurden in eine Art Bibliothek geführt, die Dr. Jungwirth als sein Arbeitszimmer bezeichnete. An der Außenfassade des in Richtung Garten liegenden Arbeitszimmers befand sich ein kleiner Balkon. An der Außenseite der Balkontür befanden sich eindeutige Einbruchsspuren. Dr. Jungwirth erklärte, dass er im Erdgeschoss und dem ersten Obergeschoss einbruchsichere Fenster hatte einbauen lassen. Er habe es nicht für möglich gehalten, dass ein Einbrecher den halsbrecherischen Weg über die zweite Etage riskieren würde, in das Haus einzusteigen.

Ebenfalls im zweiten Obergeschoss befand sich das Ankleidezimmer von Herrn und Frau Jungwirth. Ein alter, im Kleiderschrank von Frau Jungwirth verbauter Tresor beherbergte den wertvollen Schmuck. Zwar wies der Tresor keine äußerlichen Einbruchsspuren auf, jedoch konnte er von einem geübten Einbrecher innerhalb weniger Minuten geräuschlos geöffnet werden.

Dr. Jungwirth bat die drei Polizeibeamten in den Salon. Frau Jungwirth brachte fünf Tassen Kaffee. Sie nahmen an der großen Tafel, die in der Mitte des Raums stand, Platz.

„Wissen Sie, der Kaffee stammt aus einer kleinen Rösterei in Fulda", begann Dr. Jungwirth. „Meine Frau und ich haben diese bei einem Ausflug zufällig entdeckt."

Sie hatten sich mit dem Inhaber der Kaffeerösterei länger unterhalten. Noch vor Ort bestellten sie eine kleinere Menge verschiedener Kaffeesorten zum Probieren, die sie wenig später per Post zugestellt bekamen.

„Jetzt nutze ich die Annehmlichkeiten des Internets, um meine Bestellungen aufzugeben. Die Lieferung erfolgt meist schon zwei Tage später." Einmal sei der Kaffee sogar persönlich vorbeigebracht worden. Philipp Jung witterte eine Spur.

„Wissen Sie noch, wann diese Lieferung war, Herr Dr. Jungwirth?"

„Das müsste ich erst in meinem Computer nachschauen. Wenn Sie einen Moment warten würden?"

Dr. Jungwirth wollte aufstehen. Philipp Jung hielt ihn zurück: „Es würde uns zunächst ausreichen, wenn wir wüssten, ob die Lieferung vor oder nach dem Einbruch erfolgte."

„Vor dem Einbruch."

Philipp fischte ein Foto von Niklas Mayer aus seiner Jackentasche und zeigte es Dr. Jungwirth.

„Wurde der Kaffee von diesem Mann ausgeliefert?"

Dr. Jungwirth schaute nur kurz auf das Foto.

„Ausgeschlossen. Eine junge Frau hat uns den Kaffee geliefert."

Im Gehen baten die Kommissare Dr. Jungwirth, ihnen Bestell- und Liefertermin der persönlich vorbeigebrachten Kaffeebestellung per E-Mail zukommen zu lassen. Gegen halb Sieben erreichte der BMW das Polizeipräsidium Fulda.

Gleich morgens zur Ladenöffnung traten die Kommissare Jung und Thalberg in die Kaffeerösterei. Karl-Georg von Dalwigk bereitete gerade die erste Röstung des Tages vor. Er erklärte, dass er diese Tätigkeit immer morgens durchführe, weil das Rösten nicht ganz geräuschlos vonstattengehe.

Dr. Jungwirth hatte den Kommissaren gleich nach deren Abreise in Bad Sasshausen die gewünschten Dokumente zugeschickt. Sie baten von Dalwigk, die Bestellung und Lieferung herauszusuchen.

„Ist es nicht ungewöhnlich, dass Sie eine so kleine Lieferung direkt bis nach Frankfurt liefern?", begann Robert Thalberg das Gespräch.

„Das wäre in der Tat ungewöhnlich", pflichtete von Dalwigk bei, „auch wenn die Lieferung an Dr. Jungwirth geht. Hier habe ich es. An diesem Tag fuhr meine Mitarbeiterin ohnehin nach Frankfurt, um etwa 100 kg Kaffee an diese Adresse zu liefern." Von Dalwigk zeigte die Bestellung einer Immobilienfirma im Frankfurter Westend. „Da lagen die Jungwirths doch fast auf dem Weg. Weshalb fragen Sie?"

„Bei Dr. Jungwirth wurde eingebrochen."

„Deshalb kommen Sie doch nicht extra zu mir", von Dalwigks Augenbrauen zogen sich unmerklich zusammen.

„Das stimmt. Es gibt aber diese Verbindung zu Ihnen. Dr. Jungwirth ist Ihr Kunde."

„Ich habe viele Kunden. Erzählen Sie mir also nichts vom Pferd! Wie bringen Sie mich mit dem Einbruch zusammen? Ich denke, es ist Zeit meinen Anwalt einzuschalten."

Der sonst freundlich und verbindlich auftretende Karl-Georg von Dalwigk wurde zusehends ärgerlicher.

Robert gab mit einem kurzen Blick das Gespräch an seinen Chef weiter.

„Wir verfolgen derzeit mehrere Spuren. Bei dem Opfer des Tötungsdelikts, weswegen wir schon einmal bei Ihnen waren, fanden wir einen Ring, der aus dem Besitz von Dr. Jungwirth stammt. Der Einbruch fand nach Ihrer Kaffeelieferung statt. Es führen also zwei Spuren nach Fulda. Wir werfen Ihnen im Übrigen auch nicht vor, an dem Einbruch oder der Tötung beteiligt zu sein, sondern wir versuchen, uns ein möglichst umfassendes Bild zu machen. In dem Zusammenhang möchte ich Sie bitten, mir den Namen Ihrer Mitarbeiterin zu geben, die den Kaffee auslieferte", antwortete Philipp ruhig. „Selbstverständlich können Sie jederzeit Ihren Anwalt einbinden. Nur kann ich augenblicklich nicht erkennen, wozu Sie diesen Aufwand betreiben wollen. Ein Rechtsbeistand ist in den meisten Fällen erst dann sinnvoll, wenn Sie sich selbst belasten könnten."

„Frau Eichel ist nicht mehr bei mir beschäftigt. Ich werde meinen Steuerberater bitten, Ihnen die Kontaktdaten zu geben. Haben Sie sonst noch etwas auf dem Herzen? Nein? Dann wünsche ich Ihnen einen guten Tag."

Als Philipp und Robert wieder auf der Straße waren, wunderten sie sich sehr über das schroffe Verhalten von Karl-Georg von Dalwigk. Wenn er wirklich nichts mit dem Mord an Niklas Mayer zu schaffen hat, warum regte er sich bei einer einfachen Befragung derart auf? Gerade das mögliche Einschalten eines Anwalts ließ die beiden Kommissare aufhorchen.

„Am liebsten würde ich den ganzen Laden einmal kräftig durchschütteln und sehen, was unten rausfällt." Auch Philipp Jung ärgerte sich.

„Für eine Durchsuchung bei Dalwigk haben wir doch nichts in der Hand, Philipp. Er fährt einen Caddy und bei einem seiner Kunden wurde eingebrochen. Das ist alles viel zu dünn."

Den Rest des Tages verbrachten die Kommissare gemeinsam in ihrem Büro. Früher als sonst machte Philipp Jung schon um 15.30 Uhr Feierabend. Der Frust über die schleppende Ermittlung im Fall Mayer schaffte sich Raum.

Robert kam dies nicht ungelegen. So hatte er die Möglichkeit, Bernadette aufzusuchen.

1 9

Das unerwartete Auftauchen bei Bernadette war ein voller Erfolg. Offenbar hatte sie ihm das abrupte Ende ihres ersten Treffens verziehen. Jedenfalls stimmte sie einem gemeinsamen Abendessen zu.

Beschwingt machte sich Robert Thalberg auf den Heimweg. Morgen würde er erst einmal ausschlafen und am Nachmittag ein wenig Sport machen. Denn er musste am Abend topfit sein.

Der Samstag ging schnell vorüber. Nach einer ausgiebigen Dusche schlüpfte Robert in einen sportlichen, dunkelblauen Anzug. Er zog dazu ein weißes Hemd und braune Schuhe an. Er prüfte sich kritisch im Spiegel und befand, dass er ganz brauchbar aussah. Bereits am Mittag hatte er eine einzelne, langstielige rote Rose gekauft. Er war der Ansicht gewesen, dass er damit eine wunderbare Idee hatte. Doch jetzt war er sich nicht mehr sicher. Unschlüssig blieb er vor der Rose stehen. Schließlich nahm er sie vorsichtig mit.

Robert erschien viel zu früh am Ristorante *Arese*. Das Arese war eine der besten Adressen in ganz Fulda. Er setzte sich an einen Tisch, der vor dem Restaurant auf dem breiten Fußweg stand, und bestellte einen Espresso. Er war nervös. Hoffentlich hatte es sich Bernadette nicht noch anders überlegt und würde ihn versetzen. Oder noch schlimmer, sie würde mit einer Freundin auftauchen. Er blickte auf die Uhr. Noch eine halbe Stunde. Am liebsten hätte er sich jetzt ein Bier oder einen Schnaps bestellt. Oder sicherheitshalber beides. Allerdings wollte er keine Fahne bei seinem zweiten Rendezvous mit Bernadette Veilleux haben.

Der Kellner brachte den Espresso. Mit Blick auf die Rose machte er keine Anstalten, Robert die Speisekarte zu bringen. Hastig kippte Robert den Espresso hinunter, das dazugestellte Glas Wasser ebenfalls. Er schaute wieder auf die Uhr. Noch zwanzig Minuten. Eine Ewigkeit!

Der Kellner beobachtete Robert. Er ging auf ihn zu und fragte, ob er ihm nicht doch ein Glas Wein bringen dürfe, solange er auf die Signorina warte. Robert lächelte und bestellte sich lieber noch einen Espresso. Der Kellner kehrte zurück und stellte Robert den kleinen, heißen Kaffee hin. Dann nahm er die Rose, schnitt ein kleines Stück des Stiels ab, und legte eine nasse Serviette um die frische Schnittstelle. Er nickte Robert zu und verschwand wieder.

Robert hatte nichts zu tun. Nichts, außer warten. Die Vorfreude auf das Treffen stieg, jedoch noch mehr die Nervosität. Der normalerweise kühl berechnende und, obwohl noch jung an Jahren, recht abgebrühte Kriminalkommissar Robert Thalberg hatte beinahe das Stadium erreicht, an dem er anfing, an seinen Fingernägeln zu kauen. Ihm war es ernst mit Bernadette. So abgedroschen sich der Satz auch anhören mochte, er hatte erstmals das Gefühl, seine Frau fürs Leben gefunden zu haben. Jetzt musste sie nur noch kommen. Er schaute wieder auf die Uhr, eine Viertelstunde noch. Mit einem Zug leerte er den Espresso.

Der Kellner ließ Robert in Ruhe. Regelmäßig sah er männliche Wracks, die voller Hoffnung und Vorfreude auf die

Einzige warteten. Oft genug sah er jene Herren wenige Tage oder Wochen später wieder, diesmal auf eine andere Frau wartend. Manche gingen einfach zu verbissen an die Sache heran. Er war sich sicher, dass den Deutschen die Leichtigkeit, anders als den Italienern, fehlte. Ein Wunder, dass sie überhaupt eine Partnerin finden!

19.00 Uhr. Endlich! Die vereinbarte Uhrzeit war erreicht. Jetzt müsste Bernadette irgendwann in der Friedrich- oder Pfandhausstraße oder um die Pfarrkirche herum auftauchen. Roberts Herz legte noch einen Schlag zu. Jetzt stand er völlig unter Strom.

Der Kellner verlor langsam die Geduld mit dem Gast. Er ging auf ihn zu und schlug ihm nun einen Grappa vor. Er vermied es, ihn mit guten Ratschlägen zu versorgen, ihm zu erklären, dass Nervosität und Verbissenheit die Hauptgründe für das Scheitern der ersten Treffen wären. Dieser oder ein ähnlicher Ratschlag hatte ihm einmal ein blaues Auge eingebracht.

Robert bedankte sich lächelnd, lehnte den Grappa aber ab. Der Kellner zog sich wieder zurück, wies aber kurz auf die noch nasse Serviette. Diese solle Robert bitte noch rechtzeitig entfernen.

Robert hatte sich so gesetzt, dass er den Eingang des Restaurants im Rücken, die Straßen und den Kirchplatz frei einsehbar vor sich hatte. So bekam er nicht mit, dass eine elegante junge Dame aus der Eingangstür ging und sich leise an ihn heranschlich. Sie beugte sich vorsichtig zu seinem Ohr hinab.

„Bonsoir, mon petit commissaire", hauchte sie. Robert erschrak, zuckte zuerst zusammen, und sprang dann auf. Der Stuhl, auf dem er gesessen hatte, fiel um.

„B-Bernadette, jetzt habe ich mich aber erschrocken", stammelte er. Bernadette und der Kellner, der alles mit angesehen hatte, lachten laut.

„Wo kommst Du denn her?"

„Ich bin schon etwa eine Stunde hier. Ich wollte Dich beobachten."

„Oder wie einen Fisch an der Angel zappeln lassen", Robert grinste. „Wollen wir draußen oder drinnen essen?"

„Drinnen. Es wird sicherlich kühl, wenn die Sonne untergegangen ist."

Robert hob den Stuhl auf und stellte ihn wieder an seinen Platz. Erst da nahm er Bernadette richtig wahr. Sie trug ein kurzes, schwarzes Cocktailkleid mit passenden Pumps. Ihr langes, fast schwarzes Haar hatte sie offen. Es raubte ihm förmlich den Atem. Galant reichte er ihr den Arm. Bernadette nahm ihn lachend. Er wollte schon losgehen, merkte aber, dass Bernadette stehenblieb. Etwas irritiert schaute er sie an.

„Und für wen ist diese wunderschöne Rose?"

‚Mist!', schoss es Robert durch den Kopf. Nicht nur, dass er die Blume vergessen hatte, am Ende des Stängels befand sich auch noch die Serviette. Schnell hob er die Rose an. Wenigstens machte die Serviette keinen Ärger mehr, denn sie blieb schlaff auf dem Tisch liegen.

„Die ist natürlich für dich."

Strahlend nahm Bernadette ihr Geschenk entgegen. Dann gab sie Robert einen Kuss auf die Wange. Roberts Blut kochte.

Der Abend verlief wie im Traum. Nichts störte Roberts Aufmerksamkeit. Bernadette bestellte sich eine Vorspeise und überbackene Scampi in einer Weißweinsauce, während Robert ein Rinderfilet an einer Barolo-Sauce aß. Dazu gab es ein paar Gläser Wein, und zum Abschluss einen Grappa.

Bernadette erzählte, dass sie über ihr BWL-Studium nach Fulda gekommen war. An der Hochschule Fulda hatte sie ihre späteren Mitgründer der counterfix direktbank kennengelernt

Mit Trine Lauritsen, einer gebürtigen Dänin, deckte sie den kaufmännischen Bereich ab, während sich Ralph Weber und Struan McKenzie, ein Schotte, um die IT kümmerten. Ralph und Struan hatten Informatik studiert. „Die counterfix direktbank ist so etwas wie ein gesamteuropäisches Projekt", lachte Bernadette.

Robert konnte kaum glauben, was er da hörte. Hatte er doch bis zu diesem Zeitpunkt Bernadette für eine einfache Angestellte der Bank gehalten. Nie im Leben hätte er geglaubt, dass sie der Firmenleitung angehörte oder gar eine der Gründer war.

Mit einem Mal fühlte er sich abgehängt. Was war er schon? Ein Polizeibeamter, der sich mit Vergehen und Abgründen der Gesellschaft beschäftigte, um eine gewisse Ordnung wiederherzustellen und die Übeltäter zu überführen. Spielte Bernadette nur mit ihm?

Er versuchte, diese Gedanken abzuschütteln. Schließlich saß Bernadette jetzt und hier mit ihm zusammen am Tisch. Und sie hatte sich für ihn hübsch gemacht. Und sie gab ihm zum Dank für die Rose ein Kuss auf die Wange.

Bernadette ahnte in diesem Moment, dass sich Robert nicht wohl in seiner Haut fühlte. Sie wusste, dass ihr beruflicher Erfolg die meisten Männer, die sie bisher kennengelernt hatte, abschreckte. Sie konnten es nicht ertragen, dass sie es mit einer unabhängigen und zielstrebigen Führungskraft zu tun hatten, die in durchaus höheren Kreisen verkehrte, als sie selbst. Sie hoffte, dass dieser Flic, der ihr gegenüber saß, das nötige Selbstbewusstsein aufbrachte, neben ihr zu bleiben. Geschickt wechselte Bernadette das Gespräch, weg von den Berufen, die sie beide ausübten.

Bernadette und Robert hatten einen Fensterplatz im Ristorante Arese. Das Fenster brauchten sie aber nicht. Bis auf den kurzen Moment, als Robert erfuhr, dass Bernadette beruflich in einer anderen Liga als er spielte, schauten sie sich in die Augen. Die Welt um sie herum war vergessen. So bekam Robert nicht mit, dass Philipp Jungs Frau Michaela mit ihren Freundinnen an ihrem Fenster vorbeigingen. Michaela winkte ihm sogar. Da Robert sie nicht beachtete, was ihr bei dieser Begleitung auch einleuchtete, ging sie mit ihren Freundinnen weiter. Aufgeregt erzählte sie später ihrem Mann, dass sie Robert im Arese gesehen habe. Die Beschreibung der Begleitung ließ Philipp ahnen, dass Robert mit Bernadette Veilleux ausgegangen war.

Bernadette wurde von Robert zu Fuß nach Hause gebracht. Sie bewohnte ein großzügiges Appartement am Frauenberg. Die beiden standen vor der Tür wie zwei Teenager, die sich nicht trauten, den nächsten Schritt zu wagen. Bernadette nahm das Heft in die Hand. Nachdem sie sich für den wunderschönen Abend bedankt hatte, legte sie beide Arme um Roberts Hals und küsste ihn auf den Mund. Sie war erleichtert, als Robert den Kuss erwiderte. Bernadette schaute Robert tief in die Augen, als sie ihn fragte, ob er mit nach oben kommen wolle.

Es war gegen zehn Uhr, als die Glocken des Fuldaer Doms zur Sonntagsmesse läuteten, und Robert die Augen öffnete. Offenbar hatte er nicht geträumt, denn als er neben sich sah, lag dort Bernadette. Er konnte sie nicht lange schlafend betrachten, denn sie öffnete kurz nach ihm die Augen. Sie strahlte ihn an: „Bonjour, mon petit commissaire." Sie robbte zu ihm, und sie küssten sich.

Nach dem gemeinsamen Frühstück, was aus nicht mehr als ein paar Tassen Kaffee bestand, verließ Robert Bernadette. Er wollte sich zu Hause umziehen. Da die Sonne schien und kein

Wölkchen am Himmel stand, planten sie einen Ausflug in die Rhön. Robert freute sich gleich in mehrfacher Hinsicht. Denn einerseits konnte er den Nachmittag mit Bernadette verbringen, und andererseits bei der Gelegenheit wieder einmal seinen 1968er Alfa Romeo Spider 1750 Veloce aus der Garage holen.

2 0

Montagmorgen im Polizeipräsidium Osthessen. Kommissar Robert Thalberg betrat lächelnd das Büro. Hauptkommissar Philipp Jung saß bereits an seinem Schreibtisch.

Philipp hatte den Kaffee bereits gekocht. Robert wusste, dass er jetzt stark sein musste, denn Philipp Jung war im ganzen Präsidium für seinen besonders schlechten Kaffee berüchtigt. Diese Tatsache hielt ihn aber nicht davon ab, Kaffee aufzusetzen, wenn er vor Robert ins Büro kam. Es war eine Tradition im Polizeipräsidium Osthessen, wenn nicht sogar bei der gesamten Polizei, dass der Erste Kaffee kocht. In diesen Momenten wünschte sich Robert einen Kaffeevollautomaten. Wenigstens musste er sich nicht verstellen und den guten Geschmack der dunkelbraunen Brühe heucheln.

„Na, hast Du Dir wieder besonders wenig Mühe beim Kaffee gegeben?"

„Klar. Ich habe einen gewissen Ruf, den gilt es mit allen Mitteln zu verteidigen."

Robert, dessen Kaffee immerhin brauchbar schmeckte, hatte mehrfach versucht, die Kochfähigkeiten seines Chefs zu verbessern, allerdings ohne nennenswerten Erfolg. Philipp schaffte es irgendwie, selbst ein aufgeschriebenes Kaffeerezept zu verhunzen. Manchmal glaubte Robert, Philipp mache das absichtlich.

Mit guter Laune und schlechtem Kaffee setzte sich Robert an seinen Schreibtisch. Er blätterte in den Fallunterlagen zum Mordfall Niklas Mayer.

‚Natürlich!', schoss es ihm durch den Kopf, wie konnte er nicht mehr daran denken. Niklas Mayer hatte etwa zur gleichen Zeit an der Hochschule Fulda studiert wie Bernadette. Bernadette – mit dieser wunderschönen Frau verbrachte er das Wochenende. Waren sie nun schon ein Paar? Er hoffte es. Heute Abend würde er sie wiedersehen. Er konnte es kaum erwarten.

Eine andere Sache konnte Robert Thalberg jedoch kaum ertragen. Er musste es unter allen Umständen vermeiden, seinem Chef und Freund Philipp Jung von seiner Liaison mit Bernadette Veilleux zu erzählen. Wenigstens im Moment. Schließlich war sie eine Zeugin in einem Mordfall. Zwar nicht direkt betroffen, wie es schien, aber in die ganze Geschichte unfreiwillig verwickelt.

Robert wusste in dem Moment, in dem er Bernadette zum ersten Mal sah, dass er seine Gefühle zu ihr in keinem Fall Philipp gestehen darf. Was würde passieren? Zunächst würde er vom aktuellen Fall abgezogen. Vermutlich würde er dann einer Abteilung zugeordnet werden, wo es immer viel Arbeit und besonders wenig Erfolg geben würde. Einbruchsdelikte beispielsweise oder noch schlimmer Taschendiebstähle. Wenn sie tatsächlich mal einen Dieb fassten, wurden oft genug nur die Personalien aufgenommen, und der Kerl wieder freigelassen. In nur wenigen Fällen würde ein Täter tatsächlich rechtskräftig verurteilt und ins Gefängnis gesteckt. Dazu hatten sie einfach zu wenig erbeutet. Wenig besser sah es mit

Einbrechern aus. Nur sah die Aufklärungsquote in diesem Bereich noch schlechter aus.

Eine andere Sache machte Robert Thalberg außerdem Sorgen. Es könnte – er war sich fast sicher, es wird – einen Bruch in ihrer Freundschaft geben. Das wäre für ihn noch schlimmer, als sich dauerhaft mit Taschendieben herumzuschlagen.

Im Moment hatte er aber noch keine Idee, wie er aus diesem Dilemma herauskommen könne. Also zog er es vor, zunächst zu schweigen.

Robert schreckte auf. Bernadette hatte seine Aufmerksamkeit auf sich gezogen, und gleichzeitig auf ein selbstgeschaffenes Problem hingewiesen, welches gelöst werden müsse.

Die Studienzeit von Niklas Mayer hatte sich nur kurz mit der von Bernadette überschnitten. Robert ließ diese Spur zunächst liegen. Viel mehr interessierte er sich für die counterfix direktbank, und das nicht nur aus privaten Gründen. Ihm war aufgefallen, dass beinahe alle Beteiligten, die in der Mordsache Mayer verwickelt waren, Betriebswirtschaft studiert hatten, bzw. Studenten der Hochschule Fulda gewesen waren. Robert war sich sicher, dass hier der Schlüssel zur Lösung des Rätsels lag.

Robert meldete sich am polizeiinternen Auskunfts- und Erfassungssystem an. Hier waren auch Daten über Unternehmen gespeichert. Er schaute sich in Ruhe die Einträge an, die zur counterfix direktbank und deren Gründer gespeichert waren. Soweit fielen ihm keine Besonderheiten auf.

Als Nächstes wollte er der Information nachgehen, die er – so hatte er es Bernadette versprochen- nicht dienstlich nutzen wollte. Dieser Hinweis, und das wusste Robert, war von gewisser Brisanz. Er musste einen Weg finden, wie er

Bernadette aus dem Schussfeld bringen konnte, und die Erkenntnis als das Ergebnis polizeilicher Arbeit aussehen lassen könnte. Unter Umständen könnte diese Information dazu dienen, den möglichen Bruch in der Freundschaft zu Philipp Jung zu vermeiden.

Während ihres gemeinsamen Wochenendes erzählte Bernadette, dass Karl-Georg von Dalwigk und seine Frau zu den ersten und wichtigsten Investoren der counterfix direktbank zählten. Robert musste jetzt nur noch warten, bis Philipp das Büro verließ. Er sollte von der neuen Spur zunächst nichts mitbekommen.

Diese Information brachte verschiedenste Akteure zusammen. Niklas Mayer, als Freund von Lisa Gottschalk, die bei der counterfix direktbank arbeitete und Karl-Georg von Dalwigk, der einen Allrad-Caddy besaß, und besonders gereizt reagierte, wenn ihm auf den Zahn gefühlt wurde. Es wäre eine erste logische Verbindung zwischen dem Mordopfer und einem Caddy.

Philipps Telefon klingelte. Nach dem Gespräch stand Philipp auf, nahm seinen Kaffeepott und ging aus dem Büro. Er murmelte etwas von einer Besprechung.

Robert hatte nun etwas Zeit, seinem Gedanken nachzugehen. Er musste sich beeilen, denn er wusste nicht, wann Philipp zurückkehren würde. Er schnappte sich seine Jacke und verließ das Präsidium. Obwohl Robert in der Regel mit dem Fahrrad zur Arbeit fuhr, hatte er heute seinen Privatwagen mit. Es musste alles sehr schnell gehen.

Robert fuhr mit seinem alten Volvo 850 Kombi in die Geschäftsstelle der Rentenversicherung in Künzell. Noch aus Schulzeiten hatte er dort einen Freund sitzen, zu dem er weiterhin Kontakt hatte.

„Ich möchte zu Jörg Bendisch", gab er knapp im Empfangsbereich der Rentenversicherung an. Die junge Dame wählte die Rufnummer. Jörg Bendisch wollte wissen, wer ihn sprechen wolle.

„Wer sind Sie?"

„Robert Thalberg."

Kaum hatte sie den Namen ausgesprochen, schaute sie Robert an und sagte: „Herr Bendisch holt sie gleich ab."

„Hallo Robert, was führt Dich zu mir?", begrüßte Jörg seinen alten Schulkameraden.

„Das möchte ich unter vier Augen mit Dir besprechen."

In Jörgs Büro fragte Robert, ob er, abseits des offiziellen Wegs, die Information bekommen könne, bei welchen Arbeitgebern Niklas Mayer beschäftigt war. Er wusste, dass der Rentenversicherungsträger diese Informationen speicherte. Jörg legte seine Stirn in Falten: „Du weißt aber hoffentlich, dass ich damit gegen alle denkbaren Datenschutzvorschriften verstoße, die mir einfallen. Was ist Dir an dieser Info so wichtig, dass Du nicht den offiziellen Weg per Amtshilfeersuchens nimmst?"

Robert druckste herum. Ihm war klar, dass Jörg genau diese Frage stellen würde. Hatte er wirklich gehofft, dass der Vorzeigebeamte Jörg Bendisch genau den Datenschutz übersehen würde? Was blieb ihm weiter übrig, als eine fadenscheinige Begründung anzubringen: „Glaub mir Jörg, ich würde es Dir gerne sagen. Aber im Moment kann ich es leider nicht."

Sichtlich widerwillig gab Jörg Bendisch die Personaldaten von Niklas Mayer in seinen Computer ein.

„Er arbeitet hier in Fulda." Er lächelte: „Ach schau an, in der Bergausrüstung. Inhaber ist- kleinen Moment - Christoph Berg."

„Er arbeitete."

86

Jörg schaute Robert irritiert an: „Was heißt arbeitete? Wenn er einen neuen Arbeitgeber hat, bekomme ich die Meldung noch von seiner Krankenkasse."

„Er arbeitete, weil er jetzt tot ist."

Jörg erschrak: „Du hast aber hoffentlich nichts damit zu tun?"

„Nein, keine Sorge! Ich arbeite an der Aufklärung des Falls. Was mich noch interessieren würde: Hat Niklas Mayer, bevor er in der Bergausrüstung anfing, schon mal woanders gearbeitet?"

Jörg hatte sich wieder gefangen. Er schaute in seinen Computer, drückte ein wenig auf der Mouse, und Augenblicke später spuckte sein Drucker einige Seiten Papier aus.

„Ja. Ich sehe hier, dass er als Praktikant bei der Immobilienfirma Antonelli in Fulda arbeitete. Inhaberin ist eine gewisse Carmine von Dalwigk. Hier hast Du einen Versicherungsverlauf, der die einzelnen Beschäftigungszeiten aufschlüsselt. Verspreche mir bitte, dass Du mich aus der Sache rauslässt! Ich möchte hier keine Probleme bekommen."

„Keine Sorge, Jörg. Die Information habe ich nicht von dir. Ich kann später, im Rahmen meiner Ermittlung, noch ein offizielles Auskunftsersuchen an Dich schicken. Nur geht das aus bestimmten Gründen aktuell nicht."

Jörg fragte nicht weiter nach. Je weniger er wusste, desto besser.

„Wollen wir zusammen zu Mittag essen? Wir haben eine ausgezeichnete Kantine."

„Ein andermal gerne. Ich muss los."

Etwa zwanzig Minuten später rollte der Volvo auf den Polizeiparkplatz. Hoffentlich hatte Philipp nicht bemerkt, dass Robert kurz weg gewesen war.

Philipp hatte allerdings mitbekommen, dass Robert unterwegs gewesen war. Ihm fiel auf, dass Robert ohne

Fahrradhelm ins Büro kam. Also musste er heute mit dem Auto da sein. Ein Blick auf den Parkplatz bestätigte seine Vermutung. Er sah weder Roberts Fahrrad, noch seinen Volvo.

Nachdem Philipp nach der kurzen Besprechung das verlassene Büro betreten hatte, und Roberts Computer noch nicht in Standby gegangen war, wurde er misstrauisch. Er setzte sich an Roberts Platz und sah sich seine letzten Suchabfragen an.

‚Aha, er recherchiert in Sachen counterfix direktbank. Na, mal sehen, wo das noch hinführt.'

Er nahm wieder an seinen Schreibtisch Platz und begrüßte Robert, als er wieder im Büro erschien, als wäre nichts geschehen. Es war nichts Ungewöhnliches, dass er oder Robert kurz außer Haus waren, um Erledigungen zu machen oder einem Hinweis nachzugehen.

„Sag mal Robert, wie war eigentlich das Wochenende?" Philipp wollte wissen, ob Robert ihm das Treffen mit Bernadette beichtete. Für Robert war diese Frage wie ein Schlag in die Magengrube.

„Wie immer. Samstag hab ich mich erstmal ausgeschlafen und bin dann ins Fitnessstudio. Abends war ich dann daheim."

„Aha."

Was meinte Philipp mit „Aha"? Wusste er irgendetwas?

„Und Sonntag?"

„Da hab ich meinen Alfa rausgeholt und bin durch die Rhön gefahren. War echt schön! Das Wetter war super, es hat einfach alles gepasst."

‚Und eine Zeugin in unserer Ermittlung war die ganze Zeit neben Dir ', dachte Philipp.

„Was hast Du gemacht?"

Philipp erzählte Robert von seinem Wochenende. Samstagabend war seine Frau mit ein paar ihrer Freundinnen ausgegangen. Er war mit den Kindern zu Hause geblieben. Den Sonntag hatte die Familie Jung auf dem Fahrrad verbracht.

„Wir sind von zu Hause, an der Fulda entlang, bis Schlitz gefahren und dann wieder zurück."

Philipp vermied es, Robert auf Bernadette anzusprechen. Er wollte erst abwarten, wie sich die weitere Ermittlung entwickelte.

Robert fiel nicht auf, dass Philipp seine Suchabfragen nachvollziehen wollte. Es beunruhigte ihn allerdings, dass Philipp Fragen stellte, allerdings ohne auf den Punkt zu kommen. Oder bildete er es sich nur ein, dass sich Philipp ihm gegenüber anders verhielt?

Gegen Nachmittag suchten die Kommissare die Bergausrüstung auf. Hatte sich Niklas Mayer über seinen Arbeitgeber mit Kletterausrüstung eingedeckt, die er für seine Einbrüche nutzte? Inwieweit wusste Christoph Berg, der Inhaber der Bergausrüstung, von den Nebeneinkünften seines ehemaligen Mitarbeiters?

Christoph Berg war in seinem Geschäft. Nur wenige Kunden standen im Laden. Sie wurden von Marie Berg und German Müller bedient. Christoph wirkte auf die beiden Kommissare seltsam abwesend.

Ein leichtes Lächeln huschte über Christophs Gesicht, als die beiden Männer sein Geschäft betraten. Er ging auf sie zu und reichte ihnen die Hand.

„Habt ihr den Mörder gefasst?", ohne Umschweife kam Christoph auf den Punkt. Er zermarterte sich das Gehirn, aus welchem Grund jemand seinen beliebten Mitarbeiter umgebracht hatte. Niklas war immer freundlich zu seiner Kundschaft, und natürlich auch zu den Kollegen in der Bergausrüstung. Außerdem konnte er sehr gut verkaufen. Eine ganze Reihe von Kunden ließen sich nur von Niklas beraten.

„Können wir uns ungestört mit Dir unterhalten?"

Die Gegenfrage ließ Christoph ahnen, dass die Ermittlung noch nicht abgeschlossen war. Er wies auf die Tür zu seinem Büro. Die Kommissare gingen voran.

Zunächst befragten sie ihn allgemein zu Niklas Kletterausrüstung. Mit der Frage, ob diese auch für Einbruchszwecke genutzt werden könnte, erfüllte sich seine böse Vorahnung. Christoph erfuhr, dass Niklas Mayer seine Kletterfertigkeiten nicht nur im sportlichen Sinne genutzt hatte.

„Wie konnte Niklas nur auf die schiefe Bahn geraten?", Christoph Berg wirkte verzweifelt. „Er hätte mich doch ansprechen können, wenn er Geldprobleme hatte. Wir hätten doch eine Lösung gefunden!"

„Wie kommst Du darauf, dass er Geldprobleme hatte?"

„Es ist nur eine Vermutung. Wir sprachen nicht über seine Vermögensverhältnisse. Allerdings verdient man im Einzelhandel nicht besonders viel. Wenn die Wünsche größer als das Einkommen sind...", Christoph beendete den Satz nicht. „Bestimmt hat er das nicht freiwillig gemacht."

„Wie kommst Du darauf?

„Ich kann mir einfach nicht vorstellen, dass ich mich in Niklas so täuschen konnte. Vielleicht hatte jemand etwas gegen ihn in der Hand, womit er ihn erpressen konnte."

„Wer sollte etwas gegen Niklas in der Hand haben? Hast Du jemanden bestimmten im Sinn?"

„Nein, natürlich nicht!", wehrte Christoph ab.

Die Kommissare hatten die Informationen, die sie einholen wollten, erhalten. Sie verabschiedeten sich von Christoph Berg.

Zurück im Laden steuerte German Müller auf seinen Chef zu.

„Was wollten die denn schon wieder?" German gab sich keine Mühe, seine Abneigung gegenüber den beiden Polizisten zu verbergen, obwohl sie seit Jahren Kunden der Bergausrüstung waren.

„Niklas sei ein Einbrecher, haben sie gesagt. Sie haben wohl gestohlene Gegenstände bei ihm gefunden."

„Haben sie das? Was denn?"

„Wusstest Du davon?", überrascht schaute Christoph seinen Mitarbeiter an.

„Äh, nein."

Die Unterhaltung wurde durch einen Kunden, der gerade das Geschäft betrat, unterbrochen.

22

Philipp Jung und Robert Thalberg suchten nach dem Besuch der Bergausrüstung die counterfix direktbank auf. Mit jedem Schritt, mit dem sie sich der Bank näherten, stieg Roberts Nervosität. Wie würde Bernadette reagieren, wenn er mit seinem Chef im Schlepptau die Bank betrat? Insgeheim wünschte sich Robert, dass Bernadette gerade nicht am Empfang sitzen würde.

„Guten Tag, Herr Jung, Guten Tag, Herr Thalberg", begrüßte sie Bernadette derart professionell, dass sich Robert fragte, ob das gemeinsame Wochenende doch nur eine kurze Romanze war. Philipp deutete in Richtung Lisa Gottschalks Büro und ging zielstrebig weiter. Bernadette schaute Philipp kurz hinterher, wandte sich dann aber schnell Robert zu:

„Möchtest Du mich nicht richtig begrüßen?" Ihre blauen Augen blitzen. Im nächsten Moment schlang sie ihre Arme um seinen Hals und gab ihm einen dicken Kuss auf den Mund. Robert erwiderte den Kuss, befreite sich aber schnell aus ihrer Umklammerung.

„Er weiß es noch nicht, Bernadette. Und wir müssen vorsichtig sein. Du bist eine Zeugin in einem Mordfall." Robert versuchte in wenigen Worten die Situation zu erklären.

„Oh, lá, lá!" Bernadette ließ von Robert ab und stellte sich in einer Art militärischer Grundstellung auf. „Oui, Monsieur le Commissaire! Wir müssen uns bedeckt halten."

Lachend nahm sie an ihrem Schreibtisch Platz: „Ich rufe Dich heute Abend an, einverstanden?"

Robert nickte und schloss die Tür zu Lisas Büro.

Philipp hatte unterdessen schon Platz genommen. Natürlich hatte er mitbekommen, dass sich sein Kollege draußen vor der Tür mit der attraktiven Empfangsdame beschäftigte. Jetzt ging es aber nicht um Robert und Bernadette, sondern um Lisa Gottschalk und Niklas Mayer.

Philipp erklärte in kurzen Sätzen den aktuellen Ermittlungsstand. Einen möglichen Täter konnte er Lisa allerdings nicht präsentieren. Dafür konnten sie die Herkunft des Rings klären, der in Niklas Magen gefunden wurde.

„Er war in mindestens einen Einbruch verwickelt", lautete Philipps Vermutung.

„Daher ist es für uns außerordentlich wichtig zu wissen, mit wem Niklas zum Klettern ging, und woher er sich den dunklen Caddy lieh. Unter Umständen besteht ein direkter Zusammenhang zwischen dem Einbruch und dem geliehenen Fahrzeug."

Lisa konnte die neuen Fragen des Kommissars nicht beantworten. Weder wisse sie, mit wem Niklas klettern ging, noch wer ihm den Lieferwagen lieh. Allmählich stieg Wut in Lisa auf.

„Bei jedem Besuch kommen Sie mit neuen Anschuldigungen gegen Niklas! Jetzt hängen sie ihm sogar einen Einbruch an, obwohl er sich nicht mehr wehren kann. Das sind tolle Ermittlungen! Statt seinen Mörder zu finden, machen sie ihn zum Verbrecher! Bitte gehen sie jetzt."

„Ich kann verstehen, dass Sie enttäuscht sind, dass wir noch nicht die Person gefasst haben, die den Tod Ihres Freundes zu verantworten hat. Wir gehen jeder Spur nach, die wir finden. Die neuen Erkenntnisse werfen nun ein ganz anderes Licht auf Niklas Mayer. Sein Tod muss mit dem Einbruch zusammenhängen. Da sind wir uns ziemlich sicher."

Philipp war sich sicher, dass er heute keine weiteren hilfreichen Antworten von Lisa Gottschalk bekommen könne. Die Kommissare verabschiedeten sich.

Mit Blick auf die Uhr beschloss Philipp, dass sie nun Feierabend machen konnten.

„Hast Du noch Lust auf ein Bier?"

„Na, klar! Eins geht immer. Gehen wir in die Brauhausmühle? Die liegt ja auf dem Weg ins Präsidium. Ich muss noch mein Auto holen."

Wenig später stellte die Bedienung zwei große Glasbierkrüge auf den Tisch. Robert drückte ihr einen Geldschein in die Hand. Dann nahmen die Männer die Bierkrüge in die Hand und stießen an.

„Die Französin in der Bank gefällt Dir, oder?", fragte Philipp.

„Schon." Robert fühlte sich ertappt.

„Zu dumm, dass sie eine Zeugin ist", fuhr Philipp fort.

„Stimmt." Robert war sich sicher, dass Philipp Bescheid wusste.

„Wie auch immer", sagte Philipp und nahm einen großen Schluck.

„Wie geht es eigentlich Michaela? Was machen die Kinder?" Robert versuchte das Gespräch auf ein unverdächtiges Thema zu lenken.

„Soweit gut. Sophie und Aurelia schreiben gerade viele Klassenarbeiten. Bei Aurelia steht nach den Sommerferien der Schulwechsel an."

„Was für ein Schulwechsel?"

„Aurelia will aufs Gymnasium gehen, wie ihre Schwester. Die Noten passen, und eine Zusage haben wir auch schon. Sie geht dann mit Sophie auf die gleiche Schule."

„Aurelia geht nach den Ferien aufs Gymnasium? Junge, Junge, wie die Zeit vergeht! Sie wurde doch gerade erst eingeschult."

„Das war vor vier Jahren, mein Freund! So gesehen haben wir in diesem Jahr wieder eine Einschulung. Allerdings dann in die fünfte Klasse."

„In welche Klasse geht Sophie?"

„Die ist jetzt in der Siebten."

„Hast Du schon Urlaub geplant?"

„Ja. Wir fahren für zwei Wochen in ein Sporthotel auf Korsika. Michaela will einen Tauchkurs machen, und ich mit dem Mountainbike Touren unternehmen. Auf Korsika können wir beides machen. Für die Kinder gibt es auch tolle Angebote. Die Fahrräder können wir vor Ort leihen. Vielleicht machen die beiden auch ein paar Touren mit. Ich hoffe nur, dass ich den Urlaub nicht wieder verschieben muss, wie im letzten Jahr. Da funkte uns doch die Ermittlung wegen der Schießerei dazwischen."

Robert erinnerte sich. Philipp war in Urlaubslaune, bis es zwei Tage vor der Abfahrt eine Schießerei in einem Industriegebiet gab. Als sie am Tatort eintrafen, fanden sie einen toten Russen in einem verbeulten Kastenwagen und haufenweise leere Patronenhülsen im Fahrzeug. Etwas weiter die Straße runter lagen noch weitere leere Hülsen. Von dieser Stelle aus wurde der tödliche Schuss auf den Russen abgegeben.

Die einzigen Zeugen, die etwas zu der Schießerei sagen konnten, sahen, wie nach den Schüssen ein Mann irgendetwas aus dem Kastenwagen nahm, in einen dunklen Kombi lud, und dann mit hohem Tempo davonraste. Leider konnten keine Reifenspuren sichergestellt werden.

Philipps Urlaub wurde bis auf Weiteres gestrichen. Seine Familie fuhr alleine in die Ferien. Philipp tobte vor Wut. Die Spurensicherung konnte anhand der am Tatort gefundenen Hülsen feststellen, dass sich der Unbekannte und das spätere Opfer eine wahre Schießerei geliefert hatten, bei der beide Schützen jeweils mehr als ein Magazin Patronen verschossen hatten. Der tödliche Schuss stammte zweifelsfrei aus der Pistole des Unbekannten. Trotz intensiver Ermittlungen konnte der Fall nicht aufgeklärt werden.

„Ich denke, dass du beim aktuellen Ermittlungsstand dieses Jahr verreisen kannst."

„Ich hoffe es. Wenn ich nicht mitfahren kann, macht mir Michaela die Hölle heiß."

2 3

Um etwa neun Uhr abends klingelte Robert Thalbergs Telefon. Die Nummer kannte er, es war Bernadette. Ob er zu ihr kommen könne, wollte sie wissen. Robert sagte zu. Er schnappte sich eine Sporttasche, packte ein paar Klamotten, Duschgel und seine Zahnbürste ein. An diesem Abend fuhr er mit seinem Volvo. Sollte er bei Bernadette übernachten, was er sich wünschte, wollte er seinen Alfa nicht an der Straße parken.

Robert ergatterte einen Parkplatz in der Nähe von Bernadettes Wohnung. In einem Zug stellte er den großen Volvo in die Parklücke. Die Sporttasche ließ er im Kofferraum liegen. Bernadette hatte offenbar schon auf ihn gewartet, denn der Türöffner summte, noch bevor er ihre Klingel drücken konnte. Oben angekommen war die Wohnungstür bereits geöffnet. Robert klopfte an und trat ein und schloss die Tür hinter sich.

„Ich bin es", sagte er.

„Ich bin hier", hörte er Bernadettes Stimme aus dem Wohnzimmer. Er folgte ihrer Stimme. Als er ins Wohnzimmer kam, sah er die Rose, die er ihr am Samstag geschenkt hatte. Bernadette hatte sie mitten auf den Esstisch in eine Vase gestellt. Robert lächelte. Er fand Bernadette auf dem Balkon. Sie hatte es sich gemütlich gemacht. Auf dem kleinen Bistrotisch, der auf dem Balkon stand, brannte eine Kerze. Außerdem standen dort zwei voluminöse, gläserne Rotweinkelche. Sie hatte sich bereits einen Wein eingeschenkt.

„Allô Chéri", Bernadette warf sich um Roberts Hals. Im nächsten Moment spürte er wieder ihre warmen Lippen auf den seinen.

„Möchtest Du ein Glas Pinot Noir? Er stammt aus einem kleinen Weingut aus dem Côte de Beaune. Hast Du schon gegessen? Ich habe uns eine Kleinigkeit gemacht."

Robert lernte an diesem Abend, was es in Frankreich bedeutet, Abendbrot zu essen. Bernadette musste schon früh aus dem Büro gekommen sein, denn sonst hätte sie kaum ein dreigängiges Menü zaubern können.

Sie saßen etwa eineinhalb Stunden auf dem Balkon. Bernadette erkundigte sich gründlich nach dem Stand der Ermittlung. Sie konnte es nicht fassen, dass Niklas ein Einbrecher gewesen sein sollte. Nach dem Essen tranken sie noch die Flasche leer.

„So kannst Du aber nicht mehr nach Hause fahren", meinte Bernadette. „Du bleibst heute hier. Widerstand ist zwecklos."

Sehr gerne ergab sich Robert in sein Schicksal. Sie verschwanden ins Schlafzimmer.

2 4

Am nächsten Morgen stand Robert zeitig auf. Er suchte seine Kleidung, die in der ganzen Wohnung verstreut auf dem Boden lag oder über Stühlen hing, zusammen, zog sich an und ging ins Büro. Bernadette schlief noch. Bevor er ihre Wohnung verließ, schrieb er eine kurze Nachricht auf ein Stück Papier. Leise zog er die Tür hinter sich zu. Im Treppenhaus begegnete er keinen Nachbarn, und auch auf der Straße sah er niemanden. Er setzte sich in seinen Volvo und fuhr ins Polizeipräsidium. Es war noch vor sieben Uhr. Philipp dürfte noch nicht im Büro sein.

Robert hatte Glück. Philipp war noch nicht anwesend. Er setzte eine Kanne Kaffee auf, nahm seine Sporttasche, und suchte die Dusche auf. Er hatte schon die erste Tasse Kaffee getrunken, als Philipp mürrisch die Tür öffnete. Gruß- und wortlos ließ er sich auf seinen Bürostuhl fallen.

„Bist Du heute mit dem falschen Fuß aufgestanden?"

„Hast Du mir etwas mitzuteilen?"

Bevor Robert etwas sagen konnte, fuhr Philipp fort: „Ich ziehe Dich von dem Fall ab. Pack Deine Sachen und hau ab!"

„Lass mich Dir erklären", fing Robert an, aber Philipp schnitt ihm das Wort ab: „Es interessiert mich nicht. Glaubst du wirklich, dass ich so blind bin und nicht mitbekomme, wie du dich an die Dame aus der Bank ranmachst? Außerdem bist du gesehen worden, wie du abends mit ihr im Restaurant saßt. Wie eine Zeugenvernehmung sah das nicht aus."

„Wer hat mich...?" Robert versuchte zu erfahren, woher Philipp seine Informationen hatte. Aber er unterbrach ihn: „Das spielt doch keine Rolle, Mann! Und die Tatsache, dass Du Dich nicht verteidigen willst, sondern wissen willst, wer Dich gesehen hat, zeigt mir doch, dass ich Recht habe! Du bist raus. Basta! Wer weiß, vielleicht steckt deine Babette mit den Tätern unter einer Decke. Schon mal daran gedacht?"

„Bernadette", sagte Robert kleinlaut.

„Was?", schnauzte ihn Philipp an.

„Bernadette. Sie heißt Bernadette. Und ja, ich weiß, dass es nicht in Ordnung ist, mit ihr eine Beziehung einzugehen."

„Nicht in Ordnung ist?", Philipp schnappte nach Luft, „Scheiße ist das, ganz große Scheiße! Da ist die Tür!"

Nun war es Robert genug. Natürlich, er hatte einen Fehler gemacht, und zwar von Anfang an. Dass ihn Philipp aber wie einen Trottel zusammenstauchte und dann aus dem Büro werfen wollte, und er sich noch nicht einmal ihm gegenüber erklären konnte, war zu viel. Sein Herz schlug ihm bis zum Hals und seine Hände zitterten.

„Jetzt halte mal die Luft an!", konterte Robert. Auch er konnte laut werden und poltern. Philipp sah ihn entgeistert an. So hatte er seinen Freund noch nicht erlebt.

„Du hast jetzt Sendepause und ich rede", sagte Robert bestimmt. Philipp war indes noch so verdattert, dass er keine passenden Worte fand und nur ein Grunzen von sich gab.

„Ich habe mich in Bernadette verliebt. Und sie sich in mich." Philipp sah ihn weiterhin entgeistert an. „Um auf Deine Frage zu antworten, ob ich mir vorstellen kann, dass sie tiefer in die Sache verwickelt ist, sage ich dir: Ja, das kann ich. Ich habe sogar überprüft, was sie mir vertraulich sagte."

Langsam bekam Philipp wieder Oberwasser: „Was hat dir denn deine kleine Freundin gesagt?"

„Rede gefälligst respektvoll von ihr!", donnerte ihm Robert entgegen. „Bernadette ist übrigens eine der Gründer der counterfix direktbank."

„Das weiß ich auch."

„Unterbrich mich nicht! Es gibt eine Verbindung zwischen von Dalwigk, dem Kaffeeröster, und Niklas Mayer. Die von Dalwigks zählen zu den ersten Investoren der counterfix direktbank. Außerdem habe ich herausgefunden, dass Niklas Mayer in der Immobilienfirma von Frau von Dalwigk arbeitete."

Er fischte ein gefaltetes Blatt Papier aus seiner Jackentasche.

„Dieser Ausdruck beweist, dass Niklas Mayer bei der Immobilienfirma Antonelli arbeitete. Er wurde sogar ordnungsgemäß zur Sozialversicherung gemeldet."

Philipp zog die Augenbrauen hoch und atmete hörbar aus. Seine Gesichtszüge entspannten sich langsam. „Zeig mal her."

Er ließ sich den Ausdruck geben: „Woher stammt dieses Dokument?"

„Ich habe einen Bekannten beim Rentenversicherungsträger. Ich habe das Dokument auf dem kleinen Dienstweg erhalten."

„Und wann wolltest du mir diese Information zukommen lassen?" Philipp hatte sich bereits etwas beruhigt.

„Entweder, wenn ich über die weitere Ermittlung offiziell auf die Investoren der Bank gestoßen wäre, oder im Falle eines Rausschmisses."

Robert fing an, seine wenigen persönlichen Gegenstände, die er in seinem Büro hatte, in ein Ablagekörbchen zu legen.

„Was machst Du da?", wollte Philipp wissen.

„Packen und gehen. Schon vergessen?"

„Bleib hier, Du Idiot. Du bist noch einmal haarscharf an einem Rausschmiss vorbeigeschlittert. Verspreche mir, dass du dich, solange die Ermittlung noch andauert, nicht öffentlich mit Bernadette zeigst. Deine Beziehung zu einer Zeugin kann unsere ganze Ermittlungsarbeit zunichtemachen."

Philipp stand auf und ging auf seinen Kollegen zu. Er nahm seinen Freund in den Arm und klopfte ihm auf die Schultern: „Herzlichen Glückwunsch, du alter Schwerenöter."

Carmine von Dalwigk saß in ihrem Büro in der Friedrichstraße. Sie berechnete die verfügbare Nutzfläche eines Bürokomplexes. Das Gebäude musste Raum für etwa 100 Mitarbeiter bieten. Zudem hatte der Auftraggeber eine präzise Vorgabe, wie die Arbeitsplätze einzurichten wären. Für Carmine von Dalwigk stellte dies eine leichte Aufgabe dar, schließlich verfügte sie über eine langjährige Berufserfahrung als Immobilienmaklerin.

Die Türklingel läutete. Laufkundschaft gab es bei der Immobilienfirma Antonelli, deren Inhaberin Carmine von Dalwigk war, nicht. Bei den angebotenen Objekten handelte es sich vorwiegend um Gewerbeimmobilien oder exklusive Wohngebäude. Diese Kundenklientel verlangte in erster Linie einen Hausbesuch. Da sie keinen der seltenen Besuche in ihrer Firma erwartete, handelte es sich sicherlich um einen Zustelldienst. Obwohl diese Boten niemals zu ihrem Kundenkreis gehören würden, begegnete sie ihnen stets mit ausgesuchter Freundlichkeit.

Carmine von Dalwigk öffnete die Tür. Die beiden Herren, die zweifelsfrei zu ihr wollten, kannte sie bereits.

„Die Herren von der Polizei. Guten Tag. Was verschafft mir heute die zweifelhafte Ehre ihres Besuchs?"

Der letzte Besuch der Kommissare Jung und Thalberg war wenig erfreulich verlaufen, sodass Carmines Begrüßung eher schnippisch war.

Philipp Jung ließ sich seine wiedergewonnene gute Laune nicht verderben: „Guten Tag Frau von Dalwigk. Wir haben Fragen zu einem ihrer ehemaligen Mitarbeiter."

„Treten Sie bitte ein."

Ihr Büro in der Friedrichstraße richtete Carmine von Dalwigk ebenso elegant und ausgesucht ein, wie ihr Haus. Auch hier hielt sich die Einrichtung an den Bauhausstil. Während Philipp Jung eher den gemütlichen Landhausstil bevorzugte, gefiel die schnörkellose, funktionale Eleganz Robert Thalberg hingegen sehr. Schon früh hatte er sich für Architektur interessiert, besonders für die der klassischen Moderne. Dadurch konnte er einige Möbel gewissen Designern zuordnen.

Trotz des ihr unangenehmen Besuchs begegnete Carmine von Dalwigk den beiden Kommissaren vorbildlich. Die Einladung zur einer Tasse Kaffee schlugen Jung und Thalberg allerdings aus.

„Sie haben Fragen zu einem meiner ehemaligen Mitarbeiter", begann Frau von Dalwigk „Um wen geht es denn?"

„Nach unseren Informationen arbeitete Niklas Mayer bei Ihnen", stellte Philipp Jung fest.

„Das ist richtig. Es ist aber schon lange her, dass Niklas bei mir arbeitete. Ich schätze, zehn bis zwölf Jahre sind es bestimmt schon her."

„Was machte er denn genau bei Ihnen?"

„Oh Gott, das ist schon so lange her!", Carmine von Dalwigk winkte ab. „Niklas studierte zu diesem Zeitpunkt. Er war an der Hochschule Fulda in BWL eingeschrieben. Anfangs half er mir bei der Zusammenstellung der Exposés, machte Fotos der Objekte und so weiter. Relativ schnell, so etwa nach drei, vier Monaten, erkannte ich das Potential, dass in ihm steckte."

„Welches Potential erkannten Sie denn?"

„Niklas war wie geboren für den Beruf des Immobilienmaklers. Er hatte den nötigen Blick für Privat- und Gewerbeimmobilien. Und er besaß ganz ausgezeichnete Umgangsformen, was bei jungen Männern in seinem Alter nicht selbstverständlich ist. Er vertrat mich sogar bei Kunden und machte einige lukrative Abschlüsse. Ich hatte ihm eine Festanstellung angeboten und später vielleicht auch eine Beteiligung an meinem Unternehmen. Leider schlug er mein Angebot aus und hängte seinen Job wenige Monate später an den Nagel. Ich glaube, dass mein Mann noch Kontakt zu ihm hielt. Die beiden hatten sich ausgezeichnet verstanden.

Sie sind doch von der Kriminalpolizei, wenn ich mich recht erinnere. Was hat Niklas denn verbrochen, dass Sie sich um ihn kümmern?"

„Das erkläre ich Ihnen gerne später", Philipp Jung wollte mehr über die Beziehung von Karl-Georg von Dalwigk zu Niklas Mayer erfahren. „In welchem Verhältnis standen Ihr Mann und Herr Mayer zueinander?"

„In welchem Verhältnis die beiden zueinander standen? Diese Formulierung kann auch missverstanden werden", sagte Carmine augenzwinkernd. „Die beiden hatten ein sehr gutes Verhältnis zueinander. Wann immer mein Mann zu mir ins Büro kam, steckten die Zwei kurze Zeit später ihre Köpfe zusammen. Meist ging es ums Klettern. Das ist ja Niklas großes Hobby. Mein Mann ist ja mehr der gemütliche Typ.

Allerdings nahm Niklas ihn sogar einmal zu einem Kletterausflug mit."

„Sie würden ihr Verhältnis also als freundschaftlich bezeichnen?"

„Wenn Sie so wollen, ja."

„Sie sagten, dass Niklas Mayer Sie vertrat, und auch Geschäfte abschloss."

„Das ist richtig. Sie haben mir aber noch nicht gesagt, weswegen Sie mich zu Niklas Mayer befragen."

„Stimmt, das habe ich Ihnen noch nicht gesagt. Ich komme noch darauf zu sprechen, versprochen. Für unsere weiteren Ermittlungen benötigen wir eine Zusammenstellung aller von Niklas Mayer verkauften und vermieteten Objekte und einer Liste von Terminen und Kunden, bei denen er Sie vertrat."

Carmine von Dalwigks Miene verfinsterte sich. Die Polizisten wollten ihr nicht verraten, weswegen sie sie wieder aufsuchten, und dann besaßen sie die Frechheit, wichtige Geschäftsdokumente anzufordern. Ruhig, aber bestimmt sagte sie: „Sie werden diese Unterlagen selbstverständlich nicht bekommen. Erst fragen Sie mich zu dem Firmenwagen meines Mannes und dann interessieren Sie sich für die Geschäfte eines Mitarbeiters, der schon seit mindestens zehn Jahren nicht mehr bei mir beschäftigt ist. Sie verlangen eine Liste von Kunden und Interessenten, mit denen ich damals in geschäftlicher Verbindung stand. Glauben Sie nicht, dass das ein bisschen viel ist?"

„Frau von Dalwigk", Philipp antwortete betont ruhig, „ich glaube Ihnen gerne, dass Sie unsere Bitte im Moment als ziemlich unverschämt empfinden. Allerdings ermitteln wir in einem Kapitalverbrechen. Da sind alle, und damit meine ich wirklich alle, Informationen, die zur Aufklärung der Tat beitragen können, für uns von größtem Interesse."

„Besprechen Sie das bitte mit meinem Anwalt. Er wird Ihnen aufzeigen, welche Unterlagen Sie tatsächlich benötigen. Wenn Sie mir nun bitte erklären wollen, was Sie unter einem Kapitalverbrechen verstehen und was Niklas Mayer damit zu tun hat?"

„Selbstverständlich, Frau von Dalwigk. Niklas Mayer ist Opfer eines Kapitalverbrechens geworden. Es handelt sich um ein Tötungsdelikt."

Carmine von Dalwigks Unterkiefer klappte nach unten. Mit offenem Mund und blasser Hautfarbe schaute sie die Kommissare entsetzt an.

„W-wie ist er ums Leben gekommen?"

„Niklas Mayer wurde mit einer Harpune tödlich am Kopf verletzt."

Carmine von Dalwigk nickte stumm und sank in ihren Stuhl. Ihr Blick senkte sich. Ihre Augen füllten sich mit Tränen. Nach außen ungerührt wirkend saßen die beiden Kriminalbeamten vor ihr. Carmine tupfte sich die Tränen mit einem Taschentuch ab. Als sie wieder aufblickte, hatte sie sich wieder gefasst.

„Ich werde Ihnen die Kontaktdaten meines Anwalts zukommen lassen."

Philipp Jung und Robert Thalberg stiegen in Philipps schwarzen BMW und fuhren zurück ins Präsidium. Sie hatten endlich eine erfolgversprechende Fährte gefunden, der es nachzugehen lohnte. Philipp machte sich umgehend daran, einen Durchsuchungsbeschluss für die Geschäfts- und Privaträume der von Dalwigks zu erwirken.

2 6

Seit Niklas Tod ging Lisa nicht mehr gerne nach Hause. Ohne andere Menschen um sich herum fühlte sie sich einsam. Die Abende zu verkürzen, indem sie sich in einer der zahlreichen Bars in der Fuldaer Unterstadt aufhielt, ertrug sie nicht. Das fröhliche Geplapper um sie herum, die ausgelassene Stimmung der übrigen Gäste, die plumpen Anmachen einiger besonders aufdringlicher Herren, die zumeist im Alter ihrer Eltern waren, verkraftete sie nicht. Bernadette konnte sie auch nicht ständig belagern. Außerdem hatte die in den letzten Tagen nach Feierabend wenig Zeit. Vielleicht steckte da ein Mann dahinter. Lisa würde es Bernadette wünschen.

Ihr Abendbrot, welches aus einer dünnen Scheibe Brot, einer Scheibe Käse, ein paar Tomaten und einer Gewürzgurke bestand, hatte sie schon gegessen. Nur noch der leere Teller zeugte von ihrem Abendessen.

Lisa stammte nicht aus Fulda. Durch ihr Studium hatte es sie in die Barockstadt verschlagen. Sie kam aus der Nähe von Schwerin in Mecklenburg-Vorpommern. Das Fuldaer Brot mochte sie zunächst nicht. Die meisten Bäckereien verkauften, wenn ein Brot verlangt wurde, ein Graubrot mit Kümmel. Sie gewöhnte sich schnell an den zunächst sonderbaren Geschmack, der dazu führte, dass ihr Graubrot ohne Kümmel nicht mehr schmeckte.

Bernadette wollte ihr Urlaub geben, dass sie wieder Kraft sammeln könnte. Sogar bezahlten Sonderurlaub hatte sie ihr angeboten. Lisa wollte dies aber nicht annehmen. Wohin sollte sie denn gehen? Zu Hause fiel ihr die Decke auf den Kopf. Und bei ihren Eltern? Seit sie sich scheiden ließen, fühlte sie sich weder bei ihrer Mutter, noch bei ihrem Vater heimisch.

Wenn sie ihre Eltern besuchte, endete es meist damit, dass ihre Mutter über ihren Vater oder andersherum schimpfte, und wie schäbig sich der jeweils andere verhalten hatte. Wenn sie sich so in Rage redete, trank ihre Mutter immer so viel, dass Lisa sie betrunken ins Bett bringen musste. Obwohl ihr Vater nicht zur Flasche griff, war es auch dort nicht viel besser. Wenn sie über die Scheidung sprachen, verstummte er mit einem Male. Er ging dann vor die Tür und rauchte. Meistens brachte er an diesen Abenden keinen Ton mehr über die Lippen. Wie sollten die beiden, die ihre eigenen Probleme nicht richtig im Griff hatten, ihr Zuversicht und Halt geben?

Lisa schenkte sich einen Fencheltee ein. Den trank sie besonders gerne, schon als Kind. Besonders liebte sie es, wenn ihre Großmutter den Tee zubereitete. Vermutlich waren es ganz normale Teebeutel. Aber ihre Oma machte aus allem, was sie tat, immer etwas Besonderes.

Als Kind hatte sie die meiste Zeit bei ihren Großeltern verbracht, da ihre eigenen Eltern berufstätig waren. Mitten in der Abiturvorbereitung starb plötzlich ihre Großmutter. Sie hatte morgens tot im Bett gelegen, mit einem schwachen Lächeln im Gesicht. Ihr Großvater war bei ihr, als sie starb. Später erzählte er Lisa Omas letzte Worte. Sie hatte ihn angesehen und gesagt: „Ich hatte ein schönes Leben." Als er sich über sie gebeugt hatte, um sie zu küssen, war sie bereits gestorben. Dieser Moment hatte ihrem Großvater jeglichen Lebensmut geraubt. Wenige Tage nach Lisas Abiturfeier starb auch er.

Lisa überkam das Gefühl, dass alles um sie, alles was ihr lieb und teuer war, erkaltete und starb. Sie klammerte sich fest an ihre Tasse Fencheltee und starrte aus dem Küchenfenster. In diesem Moment hüpfte ein kleines Vögelchen auf die Fensterbank, legte sein kleines Köpfchen schief und schaute sie durch das Fenster an. Lisa musste lächeln, als sie den kleinen Vogel sah.

Unvermittelt läutete ihre Türklingel und der Vogel flog davon.

Lisa schaute auf die Uhr. Es war schon nach acht Uhr abends. Sie ging zur Tür, um nachzusehen, wer zu dieser späten Zeit zu ihr wollte. Hoffentlich nicht die beiden Kommissare!

Erleichtert stellte sie fest, dass Niklas Kollege German Müller die Treppe heraufkam. Er hatte ein kleines, flaches Päckchen in der Hand.

„Hallo Lisa. Ich habe es leider nicht geschafft, dich schon früher zu besuchen."

„Kein Problem, German. Komm erstmal rein."

Lisa und German gingen in die kleine Küche. Er überreichte ihr das kleine Geschenk.

„Mir ist leider nichts Besseres eingefallen", entschuldigte er sich, als Lisa eine Schachtel Pralinen entgegennahm.

Lisa entgegnete ihm ruhig: „Das macht doch nichts."

Dann erzählte Lisa, was sie zum Tod von Niklas wusste. Sie kam in Rage, als sie an dem Punkt angelangte, wo ihr die Polizisten mitgeteilt hatten, dass Niklas ein Einbrecher gewesen sei. German hörte sich das alles ruhig an. Nachdem Lisa geendet hatte, kam er zum eigentlichen Grund seines Besuchs. Er hatte Niklas ein Snowboard ausgeliehen und bisher noch nicht zurückbekommen. Er wollte wissen, ob die Wohnung schon ausgeräumt sei.

Lisa wunderte sich, dass Niklas ein Snowboard geliehen hatte. Er fuhr doch gar nicht Ski und von Winterurlauben hielt er nicht viel. Berge waren für ihn keine Skipisten, sondern Klettersteige. Sie wäre aber nicht mehr überrascht, wenn sich auch dies als Lüge herausstellen würde. Ein Snowboard hatte sie jedenfalls nicht bei Niklas gesehen.

„Falls es Dir in die Finger fällt, sage mir bitte Bescheid."

„Das mache ich. Willst du etwas trinken, German? Ich habe total vergessen, Dich zu fragen."

„Nein, nein. Ich muss auch schon wieder los. Wenn ich Dir irgendwie helfen kann, sag mir bitte Bescheid."

Als German gegangen war, schloss Lisa die Wohnungstür ab. Dann legte Lisa die Schachtel Pralinen in den Schublade, in der sie ihr ein paar Süßigkeiten aufbewahrte. Sie ging kurz ins Bad, und legte sich anschließend ins Bett.

Unterdessen klingelte Robert Thalberg bei Bernadette Veilleux. Der Türöffner summte, und Robert stieg die Treppen zu ihrer Wohnung hinauf. Bernadette hatte ihre Wohnungstür geöffnet und sich wieder auf den Balkon gesetzt. Dorthin folgte ihr Robert.

„Philipp weiß es." Eine knappere und unpersönlichere Begrüßung hätte sich Robert kaum einfallen lassen können.

„Bonsoir, Monsieur le commissaire." Bernadette schaute Robert tadelnd an. „Willst Du mich nicht erst einmal ordentlich begrüßen?"

Er beugte sich zu Bernadette hinab und küsste sie.

„Bonsoir, Madame la directrice", grinste Robert.

„Was weiß Philipp?"

„Philipp weiß, dass wir", Robert war sich unschlüssig, „zusammen sind?" Richtig eindeutig war ihm sein Beziehungsstatus nicht.

„Warum fragst du, ob wir zusammen sind? Ich meine schon, dass wir ein Paar sind. Du kannst mich ja noch offiziell fragen, wenn Dir das hilft", lachte Bernadette. Robert fiel ein Stein vom Herzen.

„Was ist daran schlimm?"

„Naja, du bist immerhin eine Zeugin in einem Tötungsdelikt, und ich bin einer der ermittelnden Beamten", erklärte Robert.

„Und?" Robert bewunderte, wie leicht Bernadette seine Sorge vom Tisch wischte.

„Was kannst Du mir über die Mitgründer der Bank erzählen?" Roberts ernste Miene verriet Bernadette, dass er Antworten haben wollte.

„Wie ich Dir ja schon erzählt habe, lernten wir uns an der Hochschule Fulda kennen. Trine und ich studierten BWL, Ralph und Struan Informatik. Die Idee zur Gründung einer Direktbank hatten Ralph und Struan. Sie suchten Partner, die das Projekt kaufmännisch begleiten konnten. Es ist noch immer so, dass sich Ralph und Struan hauptsächlich hinter ihren Computerbildschirmen verstecken, während Trine und ich nach außen als die eigentlichen Chefinnen auftreten."

„Wie kommt von Dalwigk als Investor dazu?"

„Trine und ich kalkulierten, wie viel Kapital wir zur Gründung der Bank benötigen. Dass eine andere Bank als Geldgeber ausscheiden würde, lag auf der Hand. Wir sprachen mit unserem Prof. Er vermittelte uns den Kontakt zu den von Dalwigks. Sie kannten sich von früher."

„Lernte Lisa Gottschalk Niklas Mayer über ihre Tätigkeit bei der Bank kennen?"

„Wie kommst Du darauf?"

„Niklas und von Dalwigk kannten sich auch."

„Aha", Bernadette machte eine kleine Pause. „Lisa kellnerte in der Brauhausmühle. Dort hatte sie Niklas kennengelernt."

„Weißt Du, aus welchen Quellen die Investitionssumme der von Dalwigks stammt?"

„Glaubst du etwa, dass wir Gelder waschen?" Für einen kurzen Moment war Bernadette entrüstet.

„Ich muss es wissen. Und das am besten, bevor Philipp dich dazu befragt. In eurer Bank laufen, so sieht es für mich zurzeit aus, alle Fäden zusammen. Niklas als Opfer ist mit einer Mitarbeiterin der Bank liiert, von Dalwigk als Investor steht im Hintergrund. Und es scheint unwahrscheinlich, dass er seinen Reichtum mit seiner Kaffeerösterei erarbeitet hat. Zudem war Niklas ein Einbrecher. Verstehst du nun, dass ich dich aus der Schusslinie nehmen will?"

„Das verstehe ich", gab Bernadette zu. „Wir prüften nicht, woher von Dalwigk die Investitionssumme nahm. Bevor er mit dem Kaffeerösten begann, arbeitete er ja jahrelang in der Industrie. Außerdem hat seine Frau ein gutgehendes Immobilienunternehmen. Und so viel kann ich dir sagen, über unsere Bank laufen keine zweifelhaften Geldgeschäfte. Was hat von Dalwigk nun mit Niklas Einbrüchen zu tun?"

„Dazu kann ich dir im Moment nichts sagen. Wir haben eine Spur, der wir nachgehen wollen, mehr nicht. Es ist sehr wahrscheinlich, dass es nur ein Zufall ist, dass sich in eurer Bank alle möglichen Wege kreuzen", versuchte Robert zu beschwichtigen. Er wollte von dem aktuellen Ermittlungsstand nicht allzu viel preisgeben. Er wusste nicht, ob Bernadette tatsächlich unwissend war oder nur so tat. Sollte von Dalwigk krumme Geschäfte machen, und Bernadette war in diese verstrickt, würde er seine eigene Ermittlung torpedieren.

„Du glaubst mir nicht."

„Ich möchte Dir glauben", beteuerte er. „Nur fällt es mir schwer zu verstehen, dass Du nicht nach der Herkunft des Geldes der von Dalwigks gefragt hast. Gerade der Bankensektor ist doch anfällig für Schwarzgeld oder Geldwäsche."

„Dann spioniere uns meinetwegen aus. Du wirst sehen, dass ich die Wahrheit sage. Wenn du mir wieder Glauben schenkst, kannst du ja wiederkommen."

Das war deutlich. Nicht mal eine Woche kannten sich Bernadette und Robert. Schon hatten sie ihren ersten Streit.

2 7

Es war ungefähr abends um halb elf. Ein schwarz gekleideter Mann schlich, dicht an die Hauswände gedrückt, durch den Gallasiniring, der zu diesem Zeitpunkt menschenleer war. Zuvor hatte der Mann einen alten, unauffälligen Golf in der Straße Am Jagdstein geparkt. Die Wagentür hatte er beinahe lautlos betätigt und nicht verriegelt.

Die Haustür stellte kein großes Hindernis für den Mann dar, ebenso nicht die Wohnungstür. Lediglich die Polizeimarke, mit der die Wohnungstür versiegelt war, konnte er nicht lösen. Er hob die Marke vorsichtig mit einem scharfen Taschenmesser an, so dass er sie später wenigstens teilweise wieder ankleben konnte. In der Wohnung durchsuchte er lautlos und gründlich alle Schubkästen, jegliche Regale und Schränke. Offenbar fand er nichts, was für ihn von Wert war, und ging in den Keller. Der wurde ebenso gründlich durchsucht, auch hier nahm er jedoch nichts mit. Die Uhr zeigte mittlerweile halb Zwölf, als er wieder bei seinem Auto ankam. Er ließ den Wagen auf Zündung stehend und unbeleuchtet den Jagdstein hinabrollen und kuppelte am Seeseberg ein. Nach einem kurzen Rucken lief der Motor. Erst, als der Golf auf die Petersberger Straße bog, schaltete der Mann das Licht an. Er verschwand genauso lautlos, wie er gekommen war.

Mittwoch, 06.33 Uhr. Roberts Mobiltelefon klingelte. Er war gerade am Zähneputzen. Philipp Jung rief an. Robert wusste, wenn sein Chef so früh anruft, ist etwas passiert. Er spuckte die Zahnpasta aus, und ging direkt dran.

„Morgen", brummte er in sein Telefon.

„Einbruch. Gallasiniring."

„Mayer?"

„Ja. Pronto!"

Insgesamt nur sechs Worte. Robert zog sich schnell an. Auf seinen morgendlichen Kaffee musste er heute verzichten. Den würde er im Büro nachholen.

Die Entscheidung, mit welchem Verkehrsmittel er heute zur Arbeit fahren sollte, fiel bereits mit Philipps Anruf. Er sprang in seinen alten Volvo und fuhr direkt zum Tatort. Um einen Parkplatz musste er sich nicht bemühen, denn die Straße war mit Streifenwagen, dem Transporter der Spurensicherung und Philipps BMW bereits verstopft. Robert stellte seinen Volvo einfach ab und verschwand im Hausflur.

„Guten Morgen Philipp, ein Einbruch?"

„Ja. Und soweit wir feststellen konnten, fehlt nichts. Die Kollegen suchen gerade die Wohnung nach neuen Spuren ab, die seit dem letzten Mal hinzugekommen sind. Der Keller wurde übrigens auch von dem Einbrecher durchsucht."

„Fehlt dort etwas"

„Nach dem letzten Kenntnisstand nichts."

„Das ist seltsam. Wir haben, abgesehen von dem Ring, nichts gefunden, was nicht zweifelsfrei Mayers Besitz zugeordnet werden konnte. Wir haben noch nicht einmal etwas Wertvolles gefunden! Wenn Niklas einen Komplizen hatte, müsste er doch wissen, dass er das Diebesgut nicht zu Hause deponierte."

„Im Moment können wir hier nichts mehr tun. Warten wir das Ergebnis der Spurensicherung ab. Vielleicht sind wir dann ein Stück schlauer."

Auf dem Weg ins Büro hielt Robert vor einem Bäcker, der ziemlich gute belegte Brötchen und guten Kaffee verkaufte. Somit konnte er der üblen Brühe seines Chefs entkommen. Robert kaufte zwei Tassen Kaffee zum Mitnehmen und etwas zu essen. Er parkte seinen Volvo neben den BMW seines Chefs. Überrascht sah er, dass Philipp in seinem Wagen auf Robert wartete. Zeitgleich stiegen die Männer aus ihren Autos.

„Da bist du ja endlich. Dass Deine Kiste nicht die schnellste ist, war mir ja klar. Aber so langsam?", frotzelte Philipp. „Aber Spaß beiseite. Ich hatte heute Morgen noch keinen Kaffee. Mach Du mal einen."

‚Hast Du es inzwischen auch begriffen, dass Deine Brühe ungenießbar ist', Roberts Freude währte nur kurz, weil er extra zwei Kaffee gekauft hatte. „Wir müssen heute Lisa Gottschalk informieren, dass in Niklas Mayers Wohnung eingebrochen wurde. Unter Umständen hat sie eine Erklärung hierfür.

Philipp Jung wählte gegen neun Uhr Lisa Gottschalks Telefonnummern in der counterfix direktbank. Er umriss kurz den Grund seines Anrufs. Sie vereinbarten einen Termin in der Mittagszeit, um zusammen mit Lisa abermals Niklas Wohnung aufzusuchen. Sie wollten feststellen, ob ein Gegenstand fehlte.

Gegen 12.00 Uhr holten Philipp und Robert Lisa Gottschalk an der counterfix direktbank ab. Sie fuhren die Petersberger Straße hinauf in Richtung Seeseberg. Von dort waren es nur noch wenige Meter bis zu Niklas Mayers Wohnung am Gallasiniring. Für Lisa Gottschalk war es der erste Besuch in der Wohnung seit Niklas Tod. Sie zitterte.

„Frau Gottschalk. Wir müssen wissen, ob etwas in der Wohnung fehlt. Sie sind die einzige Person, die sich regelmäßig in seiner Wohnung aufgehalten hat. Bitte konzentrieren Sie sich."

Vor der Wohnungstür blieb Lisa stehen. Sie merkte eine Übelkeit in ihr heraufsteigen. Aber es half nichts. Sie musste den Kommissaren helfen, den Mörder ihres Freundes zu finden. Zögerlich schritt sie über die Türschwelle. Die Wohnung war in einem denkbar schlechten Zustand. An allen Gegenständen konnte sie das schwarze Pulver, mit der die Polizei Fingerabdrücke abnahm, erkennen. Außerdem lag ein seltsamer Geruch in der Luft. Lisa inspizierte zunächst die Toilette, anschließend die Küche. Hier fehlte nichts. Als Nächstes ging es in das Schlafzimmer. Sie öffnete den Kleiderschrank, konnte aber nicht feststellen, dass etwas fehlte. Die einzigen sichtbaren Einbruchsspuren wies das Bett auf. Die Matratze war aufgeschnitten worden. Nachdem sie sich gründlich umgesehen hatte, kam sie zu dem Ergebnis, dass auch hier nichts fehlte.

„Es bleibt nur noch der Wohnbereich", erklärte Philipp. Lisa wusste, dass in diesem Zimmer das unbeschreibliche Verbrechen begangen wurde. Hier war Niklas Mayer an den Folgen eines Harpunenschusses gestorben. Lisa schauderte, während Robert die Tür öffnete und in den Raum ging. Sie wollte nur noch weg von hier. Weg von diesem schlimmen Ort, weg von den Polizisten, weg von ihrem bisherigen Leben.

„Kommen Sie bitte?", hörte sie Robert Thalbergs Stimme, die weit entfernt klang. Mechanisch begann sie sich zu bewegen. Sie betrat den Wohnraum.

Sie blickte sich um. Ihr Blick verharrte an einem bestimmten Punkt. An der Wand erkannte sie ein kleines Loch. Es sah beinahe so aus, als ob rote Farbe aus dem Loch geflossen war.

Ihr Blick senkte sich. Auf dem Fußboden erblickte sie eine große dunkelrote Fläche. Hier war Niklas gestorben.

Lisa konnte ihre Übelkeit nicht mehr beherrschen. Sie rannte zur Toilette und erbrach. In der Zwischenzeit zog Philipp Jung eine kleine Flasche Wasser aus seiner Jacke. Er hatte bereits damit gerechnet, dass Lisa Gottschalk sie benötigen würde. Bleich, mit roten Augen und völlig erschöpft kam Lisa aus dem Badezimmer. Wortlos reichte ihr Philipp die Flasche, die sie ohne zu zögern nahm. Der erste Schluck Wasser tat ihr gut.

Philipp und Lisa blieben noch eine Weile im Flur stehen. Nachdem sie sich wieder bereit fühlte, betraten sie erneut das Wohnzimmer. Lisa zwang sich, nicht die Wand anzuschauen. Sie konzentrierte sich auf den übrigen Raum. Auch hier fiel ihr nichts auf, kein Gegenstand, der fehlte. Alles stand genau auf seinem Platz.

„Wollen wir in den Keller gehen?", fragte Philipp vorsichtig.

„Ja. Ich möchte hier nur noch raus. Zu den Gegenständen im Keller kann ich Ihnen aber nichts sagen."

„Weswegen?", wollte Philipp Jung wissen. Lisa erklärte, dass sie Niklas Kellerraum noch nie zuvor betreten hatte. Davon unbeeindruckt machten sie sich, Lisa und die beiden Kommissare, auf den Weg nach unten.

Lisa fiel der ungewöhnliche Besuch von German ein.

„Herr Jung, gestern Abend besuchte mich German Müller. Das ist Niklas Kollege aus dem Sportgeschäft."

„Den kennen wir. Wann war das und was wollte Herr Müller von Ihnen?"

„So um acht Uhr. Er fragte, ob Niklas Wohnung schon ausgeräumt wurde. Er habe ihm ein Snowboard geliehen, welches er zurückhaben wollte. Vermutlich hat das nichts zu bedeuten."

„Wir werden der Sache nachgehen. Vielen Dank, dass Sie uns davon erzählt haben", antwortete Philipp.

Philipp schaltete das Licht an. Grelles, kaltweißes Licht durchflutete den Raum. Auch der Kellerraum zeigte keine Einbruchsspuren, wurde aber offensichtlich durchsucht. Davon zeugte die nur noch teilweise klebende Polizeimarke an der Tür. Lisa war auch hier keine besondere Hilfe.

Plötzlich standen die Drei im Dunkeln. Robert fischte seinen Schlüsselbund aus der Hosentaschen, an dem sich eine kleine Taschenlampe befand. Er drehte die Lampe an und lenkte den Lichtstrahl zur Deckenleuchte. Er klopfte an das Gehäuse der Schiffsleuchte. Das grelle Licht ging wieder an. Robert hörte er ein kleines Klingeln.

„Vermutlich nur ein Wackelkontakt", meinte er, „aber in der Leuchte ist was drin."

Robert holte sein Taschenmesser aus der Tasche. Er hatte immer ein Messer bei sich. Dieses hatte er von seinem Vater bekommen. Er war der Ansicht, dass ein richtiger Junge immer ein Taschenmesser dabei haben müsse. Seither war dieses kleine, rote Taschenmesser sein ständiger Begleiter. Er klappte den Schraubendreher aus und machte sich an der Lampe zu schaffen. Vorsichtig schraubte er den Metallkorb, der das Lampenglas umschloss, ab. Robert förderte einen USB-Stick zutage, der in dem Lampenschirm versteckt worden war. Aufgrund der extrem hellen Birne war der USB-Stick von außen unsichtbar. Robert ließ den Stick in eine kleine Plastiktüte rutschen und befestigte Schirm und Glas wieder am Lampenträger.

„Wussten Sie, dass ein USB-Stick in der Lampe versteckt wurde?"

Wieder schüttelte Lisa mit dem Kopf. Von dem USB-Stick wusste sie nichts. Sie habe ihn auch nicht bei Niklas gesehen.

Die Kommissare brachten Lisa zurück zur Bank. Sie hatten sich von dem Besuch zwar mehr erhofft, der kleine Datenträger aber wurde bestimmt nicht ohne Hintergedanken derart gut versteckt.

Anders als die DNA-Analyse brachte der USB Stick wertvolle Informationen. Niklas Mayer dokumentierte penibel sämtliche Einbrüche, die er begangen hatte. Und nicht nur das. Die Liste beinhaltete den Namen des Einbruchsopfer, die Adresse, den Zeitpunkt und die entwendeten Gegenstände. Außerdem notierte Niklas die Einnahmen, die er für sein Diebesgut erhalten hatte. Anhand der Adresse zeigte sich, dass Niklas vorzugsweise in wohlhabenden Gegenden zuschlug. Mit dieser Übersicht konnten zahlreiche Einbrüche in der gesamten Bundesrepublik und im benachbarten Ausland aufgeklärt werden. Offen blieb nur noch, wer Niklas Mayers Hehler war, und was es mit den Kürzeln A und G auf sich hatte, die sich ebenfalls in der Liste fanden.

„So ein Mist!", fluchte Philipp Jung, „wenn wir jetzt bloß eine Liste der von Niklas Mayer verkauften oder vermieteten Objekten hätten. Darüber hätten wir herausfinden können, ob er seine eigene Kundschaft bestohlen hat."

„Genau, das habe ich ja völlig vergessen. Was ist denn aus dem Durchsuchungsbeschluss geworden?"

„Die Staatsanwaltschaft hält die bisherigen Erkenntnisse für nicht ausreichend", sagte Philipp bitter.

„Was heißt *nicht ausreichend*? Was wollen die denn noch alles? Die Dalwigks kannten das Opfer. Das Opfer kannte sich in wohlhabenden Kreisen aus. Außerdem war es sehr sportlich. Dalwigk selbst fährt einen dunklen Caddy, der zur Beschreibung des geliehenen Fahrzeugs passt. Und ein Einbruchsopfer ist Kunde von Dalwigks."

„Ja, das ist eine schöne Geschichte, aber wir brauchen Fakten, keine Vermutungen. Wir müssen also weiter suchen."

Robert sagte nichts mehr. Es machte auch keinen Sinn, sich über die Entscheidungsgründe aufzuregen. Dadurch würde der Beschluss auch nicht erwirkt werden.

„Dann lass uns wenigstens German Müller auf den Zahn fühlen", Roberts Tatendrang war noch nicht vollständig erstickt worden, „erst erkundigt er sich, ob Niklas Mayers Wohnung bereits leergeräumt ist, und noch in derselben Nacht wird dort eingebrochen? Das kann er vielleicht seiner Oma weismachen."

„Du hast recht, Robert. Lass uns German Müller aufsuchen. Mir ist das Büro heute auch zu eng."

Robert Thalberg hatte schon die Hand nach der Klinke ausgestreckt, da wurde die Bürotür aufgerissen.

„Ah, Jockel von der Spurensicherung! Weshalb die Eile? Ihr seid doch sonst nicht so schnell."

„Immer wieder zu Scherzen aufgelegt, der Herr Kollege?" Joachim Weber hasste jegliche Arten von Spitznamen, besonders den, der ihm von Robert Thalberg verliehen wurde: Jockel. Robert wusste das. Deshalb nannte er Joachim Weber immer wieder Jockel. „Ihr habt fast Glück. Der Einbrecher war nicht gründlich genug. Er beseitigte zwar seine Fingerabdrücke, ein kleines Fragment hat er aber übersehen."

„Das ist doch prima! Was sagt die Datenbank?"

„Ich sagte ja *fast Glück*. Leider haben wir zu dem Fingerabdruck keinen Eintrag. Die dazugehörige Person wurde noch nicht polizeilich erfasst. Das Fragment ist aber so groß, dass ich eine Vergleichsprobe eindeutig zuordnen könnte. Den Bericht könnt ihr nachher abrufen."

„Dank Dir, Jockel!"

„Du mich auch, Thalberg."

„Meinst du nicht, dass es langsam reicht? Weber hat es Dir schon mehrfach gesagt, dass er es nicht leiden kann, wenn Du ihn Jockel nennst."

„Der verträgt das schon", meinte Robert augenzwinkernd, „und ich glaube, dass wir noch heute den Finger zum Abdruck sehen werden."

Die beiden Kommissare schwangen sich in den BMW und fuhren in die Innenstadt. Sie hatten Glück, dass sie in unmittelbarer Nähe zur Bergausrüstung einen Parkplatz fanden.

German Müller beriet gerade einen Kunden, als die beiden Kommissare zur Ladentür hereinkamen.

„Der Chef ist nicht da", rief er ihnen zu.

„Das macht nichts. Wir wollten auch zu Ihnen. Bedienen Sie ruhig weiter. Wir können warten."

German Müller wurde merklich unruhig. Er ließ sich enorm viel Zeit bei der Beratung der Wanderstiefel, weswegen der Kunde das Geschäft aufgesucht hatte. Aber es half nichts. Die Kommissare verließen den Laden nicht. Nachdem der Kunde ein Paar Stiefel ausgesucht und bezahlt hatte, wandte sich German aufgebracht an die Kommissare.

„Was soll denn die Kundschaft denken, wenn Sie hier einfach aufkreuzen und hier im Geschäft rumlungern? Das ist ja geschäftsschädigend!"

„Jetzt machen Sie mal halblang, Herr Müller. Erstens lungern wir hier nicht herum, und zweitens hatten wir nicht den Eindruck, dass der Kunde von uns in irgendeiner Form beeindruckt war. Sie haben ihm sogar ein Paar Wanderstiefel verkauft!"

„Was wollen Sie überhaupt von mir? Einkaufen wollen Sie ja bestimmt nichts."

„Das ist sehr fein beobachtet, Herr Müller. Wir wollen in der Tat nichts einkaufen." Philipp Jung machte eine bedeutungsschwere Pause. Dann räusperte er sich, und fuhr fort: „Sie suchten gestern Lisa Gottschalk auf. Was wollten Sie von ihr?"

„Ich wüsste nicht, was Sie das anginge!"

„Herr Müller, machen Sie es sich doch nicht so schwer. Beantworten Sie einfach unsere Fragen, und dann sind wir schon wieder verschwunden. Also nochmal. Was war der Grund für Ihren Besuch bei Lisa Gottschalk?"

„Nun gut. Ich besuchte Frau Gottschalk, um mich nach ihr zu erkundigen. Sie hat ihren Freund verloren. Ich wollte mich einfach nur kümmern."

„Ist das so?"

German verstand die Fragen nicht: „Wie meinen Sie das?" Er spürte, wie seine Aufregung immer stärker wurde. Unwillkürlich griff er nach einer emaillierten Stahltasse, die neben ihm Regal stand, und drehte sie nervös in seinen Händen.

„Sie besuchten Lisa Gottschalk, um sich nach ihrem Wohlbefinden zu erkundigen. Das ist alles? Ich meine, das hätten Sie auch telefonisch erledigen können", half ihm Philipp auf die Sprünge.

„Nein, nein, das war nicht alles. Ich brachte eine Schachtel Pralinen mit."

„Um wie viel Uhr besuchten Sie denn Frau Gottschalk, und wie lange waren Sie etwa bei ihr?"

„So um acht für schätzungsweise eine halbe Stunde."

„Sie brauchen eine halbe Stunde, um sich nach ihrem Wohlbefinden zu erkundigen?", Philipp schaute German direkt in die Augen. „Wissen Sie, Sie suchen Frau Gottschalk zu Hause auf, und in der gleichen Nacht wird in Niklas Mayers Wohnung eingebrochen. Kommt Ihnen das nicht auch merkwürdig vor?"

„Wollen Sie damit andeuten, dass ich bei Niklas eingestiegen bin? Nachdem ich mich bei Lisa verabschiedete, bin ich in die Brauhausmühle gegangen."

„Wie lange waren Sie denn in der Brauhausmühle?"

„Bis um halb zwölf. Dann bin ich gegangen."

„Und dafür gibt es Zeugen?"

„Brauche ich denn Zeugen? Bestimmt haben mich ein paar Bekannte in der Brauhausmühle gesehen. In jedem Fall hat mich Steffi, die Bedienung, gesehen. Bei ihr habe ich bezahlt."

„Sehen Sie, Herr Müller? Das wars schon. Sie haben uns weitergeholfen."

„Wo wir gerade hier sind", begann Robert, „genauso eine Tasse, wie Sie sie gerade in den Händen halten, brauche ich noch. Die nehme ich gleich mit."

German Müller entspannte sich schlagartig. Schwach lächelnd ging er mit der Tasse zur Kasse, scannte sie ab, und steckte sie in eine Tüte: „Das macht dann 4,50 Euro, bitte."

Vor der Tür blickte Philipp seinen Kollegen fragend an: „Für was brauchst du denn diese eine Tasse?"

„Fingerabdrücke. Die ganze Tasse ist voll damit."

Im Polizeipräsidium ging Robert Thalberg auf direktem Wege zu Joachim Weber von der Spurensicherung.

„Mahlzeit Jockel! Ich wette, ich habe hier die Fingerabdrücke, die wir nicht im System gespeichert haben."

Joachim Weber schielte Robert schief über seine Brille an: „Was ist denn der Einsatz?"

„Wenn es nicht die Fingerabdrücke sind, nenne ich Dich eine Woche lang bei Deinem richtigen Vornamen."

Joachim dachte kurz nach: „Anders herum. Wenn's die Fingerabdrücke sind, nennst Du mich bei meinem richtigen Vornamen." Er fing langsam an zu grinsen.

„Einverstanden, Jockel! Wie lange brauchst Du?"

„Bei diesem Wetteinsatz mache ich mich umgehend an die Sache. Spätestens in einer Stunde hast Du das Ergebnis. Und jetzt raus hier."

Zufrieden kehrte Robert in sein Büro zurück. Keine halbe Stunde später steckte Joachim Weber seinen Kopf durch die Tür:

„Ich habe eine fast gute Nachricht."

„Mensch Jockel, mach's nicht so spannend!", drängte Robert.

„Ab jetzt für Dich Joachim. Die Fingerabdrücke auf der Tasse stimmen mit denen überein, die wir in der Wohnung gefunden haben. Wer immer die Tasse in der Hand hatte, ist mit größter Wahrscheinlichkeit auch der Einbrecher."

Robert gab ich gespielt zerknirscht: „Vielen Dank, Joachim."

Gerade als Weber die Tür schließen wollte, setzte Robert noch einmal nach: „Webi!"

„Du kannst es nicht lassen", lachend zog Weber ab.

„Na, bitte", Robert lehnte sich zufrieden in seinem Bürostuhl zurück, „German Müller stieg bei seinem Kollegen ein. Ich möchte wetten, dass er auch etwas mit den Einbrüchen zu tun hat."

„Nicht vorschnell urteilen!", mahnte Philipp. „Vielleicht wollte er tatsächlich nur sein Snowboard zurück."

„Hätte er uns nicht einfach fragen können? Außerdem, weshalb verwischte er gründlich seine Fingerabdrücke?"

„Dazu befragen wir ihn am besten selbst. Holen wir ihn her. Vorher sollten wir aber noch sein Alibi überprüfen. Bei der letzten Befragung gab er an, zum Tatzeitpunkt in der Brauhausmühle gewesen zu sein."

Es gab sicherlich unangenehmere Orte, ein Alibi zu überprüfen. Da das Lokal auf dem Weg zur Innenstadt lag, fuhren sie zunächst dort hin. Erleichtert stellten sie fest, dass Stephanie Fuhrmann an ihrem Arbeitsplatz war. Sie bestellten zwei große Gläser Mineralwasser und baten sie, sich kurz zu setzen. Verwundert sah Stephanie die beiden Kommissare an, nahm aber Platz. Obwohl sie sich gegenseitig kannten, und in der Brauhausmühle jeder Gast geduzt wurde, begann Philipp sehr förmlich.

„Frau Fuhrmann. Sie haben gestern Abend gearbeitet?"

„J-ja, wieso?" Stephanie war etwas verwirrt. „Und warum Frau Fuhrmann?"

„Schön, Steffi. Du hast gestern gearbeitet?"

„Ja. Wieso?"

„Du führst ja kein Buch über deine Gäste. Aber kannst Du Dich erinnern, ob unter den Besuchern auch Bekannte waren? Uns interessiert der Zeitraum von etwa acht Uhr bis Zwölf."

Stephanie dachte kurz nach. Der Abend war lang. Es waren einige Stammgäste da gewesen. Sie begann aufzuzählen, während Robert fleißig mitschrieb. Er staunte, wie viele Gäste Stephanie persönlich mit Namen kannte. German Müller war bisher nicht unter Gästen.

„Der Schorsch aus der Apotheke, also Dr. Georg Berndt, der Inhaber der Apotheke am Abtstor, hat sich ein bisschen mit dem Typ aus dem Sportladen unterhalten."

Robert blickte auf: „Aus welchem Sportladen?"

„Dem aus der Unterstadt. Der war immer mal mit seinem Kollegen da. Niklas Mayer. Der ist ja letzte Woche umgebracht worden. Ich komme gerade nicht auf seinen Namen."

„Könnte er Philipp Jung heißen?"

Stephanie verzog das Gesicht: „Ich kann mich auch sehr gut selbst auf den Arm nehmen, Robert. Philipp kenne ich, der sitzt dir direkt gegenüber. Nein, der Name ist ungewöhnlicher. Seltener." Angestrengt dachte sie nach: „G-Gerald? Nein, das war es nicht. Aber so ähnlich." Ihre Miene hellte sich auf:

„Heureka! German, German Müller. Ich hatte mir eine Eselsbrücke gebaut. Der häufigster Nachname in Deutschland ist Müller. Deutschland – Germany – German."

„Über was unterhielten sich dieser Dr. Berndt und Herr Müller? Es muss ja bemerkenswert für Dich gewesen sein, wenn Du Dich so genau erinnerst."

„Was heißt bemerkenswert? Schorsch, German und Niklas unterhielten sich regelmäßig. Denen ihr einziges Thema ist Klettern. Ich schätze, dass sie wieder dieses Thema hatten."

„Wann sind sie gegangen?"

„Schorsch kommt einmal die Woche zu seinem Feierabendbier. Dienstags hat er seine Apotheke länger auf, bis kurz vor Acht. Dann trinkt er sein Bier. Er geht meistens um halb Neun. Gestern Abend blieb er etwas länger, weil er German traf. Spätestens um Zehn waren beide verschwunden."

„Da bist du dir sicher?", fragte Philipp.

„Ganz sicher. Um zehn Uhr fiel Tommy hinter dem Tresen ein gefüllter Fünf-Liter-Biersiphon runter, nachdem er ihn vorher gefüllt hatte. Das war eine Riesenschweinerei, und es gab ein großes Gejohle bei den Gästen."

Das konnte sich Robert gut vorstellen und musste grinsen: „Wirklich? Wie ist das denn passiert?"

„Tommy hat den Siphon gefüllt. Dann hat er ihn wieder verschlossen und wollte ihn auf den Tresen stellen. Beim Abkassieren ist es dann passiert. Er hat es irgendwie geschafft, ihn mit seinem Ellenbogen vom Tresen zu fegen."

„Danke, Steffi. Das wars schon."

„Und wem hab ich jetzt das Alibi versaut?"

„Ich sag's mal frei nach Thomas de Maizière: Ein Teil dieser Antworten würde die Bevölkerung verunsichern", grinste Robert.

German Müller schlich durch den Laden. Es war ziemlich ruhig, sodass er sich langweilte. Sämtliche Regale hatte er schon aufgeräumt und fehlende Waren aus dem Lager ersetzt. Vor Niklas Tod machten ihm Zeiten, in denen kein Kunde zu bedienen war, nichts aus. Die beiden Kollegen hatten immer etwas zu besprechen. Sei es über Sport oder Reisen. Diese Zeiten waren jetzt vorbei. Niklas kam nicht mehr. Der Chef hatte schon angedeutet, dass er eine Stellenanzeige aufgeben würde. Die Planungen der Trekkingreisen, die Niklas veranstalten sollte, standen kurz vor dem Abschluss. Für Christoph Berg stellten sie eine neue Einkunftsquelle dar. Sollte das Projekt Trekkingreisen scheitern, das hatte Christoph schon klargemacht, hätte er entweder Niklas oder ihn entlassen. Das Ladengeschäft warf nicht mehr genug für Christoph und Marie Berg, Niklas und German ab. Auch die Bergausrüstung verlor immer mehr Kunden an anonyme Onlinehändler, die ihre Waren günstiger als im Ladengeschäft verkauften. Offenbar schätzten immer weniger Kunden die persönliche Beratung in einem Fachgeschäft. Niklas Tod war insofern eine gewisses glückliche Fügung für German. Bei dem Gedanken schüttelte er den Kopf. Es bestand keine Rivalität zwischen den beiden Kollegen. Wenn er sich gegen Niklas hätte durchsetzen müssen, wären ihm bessere Verkaufszahlen lieber gewesen. Er vermisste Niklas.

Auf der Straße sah er zwei Männer auf den Laden zugehen. Mit wenig Begeisterung erkannte er die beiden Kommissare. Was wollten die schon wieder?

„Guten Tag Herr Müller", Philipp begrüßte German freundlich, „ist Ihr Chef im Haus?"

‚Ausgezeichnet, sie wollen nicht zu mir', erleichtert antwortete er: „Christoph ist im Büro. Soll ich ihn holen?"

„Ja, das wäre gut."

Wenige Augenblicke später kamen Christoph Berg und German Müller aus dem Büro. Christoph erkundigte sich umgehend nach dem Stand der Ermittlungen. Leider konnten die Kommissare nicht mitteilen, dass sie den Täter gefunden hätte.

„Allerdings sind wir hinsichtlich des Einbruchs in Niklas Mayers Wohnung ein gutes Stück weiter."

Erfreut blickte Christoph auf: „Das sind ja gute Nachrichten!" Natürlich hatte auch Christoph Berg von dem Einbruch in die Wohnung erfahren.

„Glauben Sie, dass der Einbruch auch mit Niklas Tod zusammenhängt?"

„Dazu können wir zum jetzigen Zeitpunkt noch nichts sagen", wich Robert aus. Ihm war nicht entgangen, dass sich German langsam in den hinteren Bereich des Geschäfts zurückzog. Mit Blick auf ihn sagte er dann: „Wollen Sie bitte mitkommen?"

So schnell die Freude über die schnelle Aufklärung des Einbruchs in Christoph Bergs Gesicht breit machte, so schnell verschwand sie wieder. Entsetzt schaute er German an: „Du?"

Wortlos folgte German den Polizisten.

Im Polizeipräsidium wurde German zunächst polizeilich erfasst und danach wurden ihm seine Fingerabdrücke abgenommen. Anschließend wurde er in einen kargen, kleinen Raum gesetzt. Außer einem Tisch und ein paar Stühlen standen dort keine Möbel. Die letzte Renovierung war offensichtlich schon länger her. An einigen Stellen befanden sich hässliche Schleifspuren an der weißen Wand. Vermutlich wurde der Tisch öfter hin- und hergeschoben, und touchierte hierbei regelmäßig die Wand. Über dem Heizkörper hatte die warme Luft einen deutlichen, grauen Schleier hinterlassen. Das Milchglasfenster darüber war vergittert. Nur das monotone Ticken der Wanduhr unterbrach die Stille in dem kleinen Raum. Er wirkte kalt und abweisend.

Eine halbe Stunde saß German nun schon hier. Die Uhr zeigte 16:30. Die Kommissare waren nun schon fast zehn Stunden im Dienst, als sie die Tür zum kleinen Verhörraum öffneten und einen Ösenhefter mit verschiedenen Papieren auf den Tisch legten.

„Entschuldigen Sie bitte die Wartezeit, Herr Müller. Sie können sich vorstellen, weswegen Sie heute hier sitzen?" Philipp ließ sich den langen Arbeitstag nicht anmerken und schaute German mit wachen Augen an.

„Nein, ich kann es mir nicht vorstellen", antwortete German patzig.

„Wirklich nicht?" Robert schaute German fest in die Augen. Der schwieg.

„Dann möchte ich Ihnen ein wenig helfen. Wir haben Ihre Fingerabdrücke in Niklas Mayers Wohnung gefunden."

„Ja, und? Was soll daran ungewöhnlich sein? Selbstverständlich haben Sie meine Fingerabdrücke dort finden können. Ich war schließlich öfter bei ihm zu Besuch."

„Wann waren sie denn zuletzt in der Wohnung?"

„Was weiß ich! Letzte Woche vielleicht."

„Sagte ich Fingerabdrücke? Ich muss mich korrigieren. Wir fanden einen Fingerabdruck, also Singular. Ist das nicht ungewöhnlich? Gerade, wenn Sie ihn öfter besucht haben."

„Dann wird er sauber gemacht haben."

„Das ist möglich. Wir haben, nachdem wir Niklas Mayers Leiche gefunden hatten, die Wohnung durchsucht, und alle verwertbaren Fingerabdrücke gefunden. Da war Ihr Fingerabdruck aber nicht dabei."

„Sie werden nicht richtig gesucht haben", erwiderte German trotzig.

„Das haben wir zunächst auch gedacht. Wissen Sie, wo wir Ihren Fingerabdruck gefunden haben?" Philipp machte eine kleine Pause. „Tatsächlich haben wir Ihren Fingerabdruck nicht in der Wohnung gefunden. Wir fanden ihn auf dem Lichtschalter im Keller."

„Was sagt das schon aus? Ich war öfters im Keller und habe Bier hochgeholt."

„Das klingt einleuchtend", räumte Philipp ein, „wie Sie sicherlich wissen, ist im Keller ein sogenannter Aufputzschalter. Das ist ein Schalter, der sich in einer Dose befindet, die direkt auf die Wand geschraubt wird. Wie erklären Sie sich, dass wir Ihren Fingerabdruck nur am Rand des Gehäuses, nicht aber auf der Drückerplatte oder sonst im Keller fanden?"

„Wie ich schon sagte, dann muss Niklas eben sehr gründlich saubergemacht haben." German kam langsam zu der Überzeugung, dass die Polizisten gar nichts gegen ihn in der Hand hatten, und grinste sie breit an.

„Klingt fast glaubhaft. Aber eben nur fast." Robert ließ sich durch das Grinsen nicht provozieren. „Wissen Sie, eine Kleinigkeit macht uns doch stutzig. Wir haben an dem Tag, an dem wir Niklas Mayers Leiche gefunden haben, im Keller mit dem berühmten schwarzen Pulver nach Fingerabdrücken gesucht. Allerdings haben wir das Pulver, nachdem wir fertig waren, nicht abgewischt. Es klebte also noch überall, auch auf dem Lichtschalter. Wie kommt nun Ihr Fingerabdruck auf das Pulver, und warum befindet es sich nicht darunter?"

‚Scheiße, Scheiße, Scheiße!', schoss es German durch den Kopf. Er hatte etwas schwarzes Pulver auf seiner Hand bemerkt. Allerdings ging er davon aus, dass die Verfärbung noch auf den Druckertoner in der Bergausrüstung herrührte. Der Drucker hatte wieder einen Papierstau produziert, den German beseitigt hatte. Dabei blieb immer etwas Toner auf der Hand kleben, der auch durch einfaches Waschen nicht leicht abging. Es war zwecklos, den Einbruch im Keller zu leugnen.

„OK. Ich war gestern Abend kurz im Keller. Ich hatte schon einige Biere getrunken. Das können Sie gerne in der Brauhausmühle überprüfen. Ich war also nicht mehr ganz nüchtern und wusste nicht mehr, was ich tat." German wechselte die Strategie und wollte nur noch das zugeben, was die Kommissare bereits wussten.

„Um wie viel Uhr brachen Sie in den Keller ein?"

„Irgendwann zwischen halb Zwölf und Zwölf."

„Halb Zwölf und Zwölf sagen Sie. Was haben Sie denn in der Zeit zwischen zehn Uhr und halb Zwölf/Zwölf gemacht? Das sind immerhin rund eineinhalb Stunden."

„Da war ich in der Kneipe. Das habe ich Ihnen aber schon gesagt."

„Richtig, das haben Sie gesagt. Wir haben Ihre Aussage jedoch überprüft. Um zehn Uhr hatten Sie die Brauhausmühle bereits wieder verlassen."

„Das stimmt nicht! Ich war da. Dann hat mich Steffi eben nicht mehr gesehen. Kann ja sein, der Laden war ja voll."

„Dann können Sie uns sicherlich sagen, welches Spektakel sich um etwa zehn Uhr in der Brauhausmühle abspielte?" Robert merkte, wie sich German Müller wie ein Aal wand.

„Wollen Sie mir jetzt eine billige Falle stellen?", German lehnte sich zurück und verschränkte die Arme vor der Brust. Er hatte morgens auf dem Weg zur Arbeit ein paar Fetzen eines Gesprächs aufgeschnappt. Dem Wirt platzte ein Biersiphon, und die Gäste grölten. „Meinen Sie die Geschichte mit dem Biersiphon?"

Robert sah für seine Überführung Germans als Täter schwarz. Philipp sprang ihm zur Hilfe: „Genau die meinen wir. Sie könnten Ihren Triumph voll auskosten, wenn Sie uns die Geschichte nur noch einmal kurz fürs Protokoll erzählen."

„Ging alles recht schnell. Der Wirt wollte den Siphon füllen. Da ist dann ja ordentlich Druck in der Flasche. Jedenfalls war er noch am Füllen, da tat es einen Schlag, und der Kerl war von oben bis unten voll mit Bier."

Philipp schaute Robert an und nickte. Robert zuckte mit den Schultern. Dann blickte Philipp zu German und sagte: „Herr Müller. Sie bleiben heute Nacht hier. Sie stehen unter dringendem Tatverdacht, in Niklas Mayers Wohnung eingebrochen zu sein."

German Müller fiel im wörtlichen Sinn die Kinnlade herunter, als er von seiner Verhaftung erfuhr. Wegen eines einfachen Einbruchs sollte er festgehalten werden? Seine Taktik, nur scheibchenweise zuzugeben, was die Kommissare ohnehin schon wussten, schien nicht aufzugehen.

„Es stimmt, ich bin in Niklas Wohnung eingebrochen", begann er zögerlich.

„Da ist ein guter Anfang, Herr Müller. Was suchten Sie in seiner Wohnung?" Philipp baute German eine Brücke, über die er nur noch gehen musste.

„Ich hatte Niklas ein Snowboard geliehen. Das wollte ich zurückhaben. Jetzt sehe ich ein, dass es ein Fehler war."

„Sie begehen wissentlich ein Verbrechen, brechen wegen eines Snowboards in eine Wohnung ein, wo Sie es doch einfach über Lisa Gottschalk zurückhaben konnten?"

„Lisa wusste nichts von einem Snowboard."

„Herr Müller, ich empfehle Ihnen dringend, sich noch einmal ganz genau zu überlegen, was Sie uns mitteilen wollen. Unsere bequemen Arrestzellen bieten hierzu gute Möglichkeiten. Sie werden auch durch nichts abgelenkt. Einen gutgemeinten Tipp möchte ich ihnen mitgeben. Halten Sie uns nicht für irgendwelche unterbelichteten Provinzbullen! Gleich wird Sie ein Kollege abholen. Sie können sich schon auf die Gastfreundschaft der hessischen Polizei freuen."

Philipp klappte, wie zur Unterstreichung seines Gesagten, die vor ihm liegenden Akten zusammen, schob seinen Stuhl zurück und stand auf.

„Gute Nacht, Herr Müller. Ich wünsche ihnen erkenntnisreiche Träume."

Entgeistert schaute German den Beamten hinterher.

Ein Polizeibeamter brachte German in die Arrestzelle, ein ungemütlicher, fensterloser, kleiner Raum. Auf wenigen Quadratmetern befanden sich eine festinstallierte Liege auf der eine kunstlederne Matratze lag und eine Edelstahltoilette mit integriertem Edelstahlwaschbecken. An der Decke erkannte er ein Abluftgitter und eine Überwachungskamera. Alles hier wirkte abweisend und steril. Der wortkarge Beamte warf die Tür hinter ihm zu, und verriegelte sie mehrfach. Wie zum Beweis, dass er hier permanent überwacht werde, öffnete der Polizist geräuschvoll das Sichtfenster der Zellentür und warf ihm einen letzten, grimmigen Blick zu.

Dann würde er eben eine Nacht in dieser Zelle verbringen. Was machte ihm das schon aus? Gar nichts! German legte sich auf die Matratze und schloss die Augen. Wenn er zügig einschlafen würde, so sein Kalkül, würde er die Isolierung gar nicht mitbekommen. Er lebte ja auch sonst alleine in seiner Wohnung.

Germans Kalkül ging nicht auf. Der Arrestraum schnitt ihn zwar von der Außenwelt ab, aber Geräusche von draußen drangen in die Zelle ein. Sonderbare Geräusche, die seine

Aufmerksamkeit auf sich zogen. Regelmäßig gurgelte es, vermutlich immer dann, wenn irgendwo im Gebäude die Toilette benutzt wurde. Aber auch metallische Geräusche, die eine Zuordnung unmöglich machten.

Viel schlimmer, als die unbekannten Geräusche, empfand German das gleißend helle, kalte Licht. Es war im unmöglich einzuschlafen. Unbewusst machte er sich seine Situation deutlich. Er erkannte, dass es ein Fehler gewesen war, Lisa zu besuchen. Ohne ihre dumme Mitteilsamkeit wäre ihm die Polizei nicht auf die Schliche gekommen. Der zweite Fehler war, nicht absolut jede Stelle, die er berührte, abzuwischen.

Langsam wurden die Geräusche leiser. Es wird wohl Feierabendzeit sein. Oder hatte er sich schon an die Geräusche gewöhnt? Wie spät mag es nun schon sein? German erschrak, wie schnell er sein Zeitgefühl verlor.

Plötzlich wurde die Klappe der Zellentür geöffnet. German hatte nicht damit gerechnet und zuckte unwillkürlich zusammen. Der grimmige Beamte reichte ihm ein Tablett hinein. Abendessen.

„Guten Appetit. Nehmen Sie das Tablett!", befahl er.

German stand auf, und nahm das Tablett entgegen: „Danke."

Auf einem einfachen Blechteller lagen zwei Scheiben Brot, eine Scheibe Wurst und eine Scheibe Käse. Außerdem erhielt er eine kleine Halbliter-Einwegflasche Mineralwasser. Besteck gab es keines. German hatte keinen Hunger und rührte die Brote nicht an. Lediglich ein paar Schluck Wasser nahm er zu sich.

Es dauerte nicht lange, German konnte nicht sagen, wie viel Zeit vergangen war, da wurde die Tür geöffnet. Der Beamte betrat den Raum, schaute auf das Tablett, und sah dann German an.

„Keinen Hunger? Essen Sie etwas. In zehn Minuten komme ich wieder, dann nehme ich das Tablett wieder mit."

German biss in das Brot. Es schmeckte fürchterlich. Trotzdem schaffte er es, wenigstens eine Scheibe herunterzuwürgen. Die zweite Scheibe ließ er liegen. Nur die Wasserflasche trank er komplett leer. Dann erschien der Polizist und räumte das Tablett und die leere Flasche ab. German war wieder alleine. Alleine und mit einem Kopf voller Gedanken. Genau diese Situation wollte er vermeiden.

Am meisten ärgerte er sich über Lisa. Warum konnte sie nicht ihren Mund halten, und seinen Besuch einfach vergessen? Wenn er erst hier draußen wäre, würde er sie sich vornehmen. Dann käme sie ganz schnell darauf, dass es ein Fehler war, der Polizei von seinem Besuch erzählt zu haben.

Auf der anderen Seite, was würde das bringen? Außer noch mehr Problemen! Lisa konnte ja nicht ahnen, dass er in Niklas Wohnung einsteigen wollte. Dass dies auch nicht sein erster Einbruch war. Dass er schon einige Einbrüche mit seinem Arbeitskollegen und Freund Niklas Mayer hinter sich hatte. Immer achteten sie genau darauf, keine Spuren zu hinterlassen. Und es war ihnen wichtig, dass sie nicht mit den Besitzern in Kontakt kamen. Sie waren Einbrecher, aber körperliche Gewalt gegen Menschen lehnten sie ab. Warum sollte er sich dann an Lisa vergehen? Würde er nicht genau gegen seine Überzeugung handeln, dass kein Mensch zu Schaden käme? Er konnte Lisa nichts antun, auch wenn er durch ihren Tipp in diese Zelle gekommen war.

Was würde er morgen den beiden Polizisten erzählen? Die Geschichte mit dem Snowboard hatten sie ihm nicht abgenommen, obwohl er Niklas tatsächlich eines seiner Snowboards gegeben hatte. Gesehen hatte er es aber nicht in Niklas Keller. Besaß er es überhaupt noch? Eine andere Begründung musste her. Den wahren Grund konnte er unmöglich sagen. German schüttelte sich unwillkürlich. Er dachte weiter nach, es wollte ihm aber nichts Logisches einfallen. Je mehr er grübelte, desto mehr reifte in ihm die Überzeugung, einfach die Wahrheit zu sagen. Dass er in Niklas Wohnung nach Hinweisen suchen wollte, die die Polizei zu ihm führen könnte.

Das Licht wurde abgeblendet, aber nicht ganz ausgeschaltet. Wieder öffnete sich das Guckloch in der Tür. Der Beamte schaute in die Zelle.

„Besser, Sie schlafen jetzt. Morgen früh um halb sechs wecken wir Sie wieder."

Wie viel Uhr es wohl jetzt sein mag? Den Beamten konnte er nicht mehr fragen. Der war schon wieder verschwunden. Ob das Licht noch ganz ausgeschaltet würde? German hoffte es. Ob die Polizei auch seine Wohnung filzen würde? Bestimmt. Aber sie würden nichts finden. Niklas kümmerte sich meistens alleine um den Verkauf der gestohlenen Ware. Er war nur selten dabei. Er hatte Niklas immer vertraut – Gaunerehre. Und sie verdienten ja auch nicht schlecht. Sollen sie nur seine Wohnung durchsuchen. Außer Bildern von gemeinsamen Ausflügen oder Urlauben können sie nichts finden, was auf eine Verbindung zu Niklas hindeuten würde.

Germans Magen fing an zu knurren. Hätte er bloß sein Brot gegessen! Zwecklos, jetzt nach einer Scheibe zu bitten. German überlegte, was er heute überhaupt zu sich genommen hatte. Morgens frühstückte er nie. Er trank zu Hause ein, zwei Tassen Kaffee, dann fuhr er an die Arbeit. Jetzt im Sommer mit dem Fahrrad. Beim Bäcker oder Metzger gegenüber holte er sich zwei belegte Brötchen. Manchmal gönnte er sich noch eine süße Kleinigkeit. Heute hatte er zwei Käsebrötchen gegessen. Das wars. Zu Hause in seinem Kühlschrank wartete sein Abendessen auf ihn. Ursprünglich hatte er geplant, ein schönes Stück Schweinenacken zu grillen. Dazu hätte es

Kartoffelsalat gegeben. German lief das Wasser im Mund zusammen, und sein Magen knurrte noch mehr. Was hatte er stattdessen gegessen? Eine ungenießbare Scheibe Brot mit Wurst und Käse ohne Geschmack. Er hatte Hunger.

German betrachtete die Toilette. Von einer Reise nach Japan kannte er diese Dinger. Anstelle eines Spülkastens war ein Waschbecken eingebaut. In Japan waren die Toiletten komplett aus Keramik gefertigt. Und er war in Freiheit. Hier im Knast war die Toilette aus kaltem, blanken Edelstahl. Es gab auch kein warmes Wasser. German beschloss sich zu waschen und dann zum Schlafen hinzulegen.

‚Wenn doch wenigstens das Licht aus wäre‘, German fand keinen Schlaf. Der enge Arrestraum, die ungewohnten Geräusche, das kalte Licht, dass ununterbrochen auf ihn herabschien, und seine nicht aufhören wollenden Gedanken. Damit wurde er kaum fertig.

German warf sich von einer auf die andere Seite. Die Kunstledermatratze bot nur ein Mindestmaß an Komfort. Immerhin musste er nicht auf der blanken Liege die Nacht verbringen. Wobei die Bezeichnung Liege eher irreführend war. Vielmehr handelte es sich um ein Brett, auf dem die Kunstledermatratze lag.

Ratsch! Die Türklappe wurde aufgerissen. Ein anderer Beamter, nicht weniger grimmig dreinschauend wie der gestrige, schob ein Tablett durch die Tür.

„Frühstück", knurrte er, „außerdem ein Stück Seife und eine Zahnbürste, damit Sie sie waschen können. In einer viertel Stunde bin ich wieder da."

German hastete zur Tür und nahm das Tablett entgegen. Das Frühstück war genauso üppig wie das Abendessen. Es bestand aus zwei Scheiben Brot mit jeweils einer Scheibe Wurst und Käse. Zur Abwechslung bekam er eine Tasse Kaffee. Der angenehme Duft durchströmte den ansonsten abstoßenden Raum. German stopfte sich die Brote hinein. Sie schmeckten genauso scheußlich wie am Vorabend. Aber der Hunger war nun einmal größer. Der Kaffee hingegen schmeckte ausgezeichnet.

Als der Beamte die Tür aufschloss, hatte German sein Frühstück eingenommen und sich frisch gemacht. Er stellte den Kaffeepott auf das Tablett.

„Vielen Dank", sagte er, „der Kaffee hat sehr gut geschmeckt."

Der Polizist schaute German überrascht an. Ein kurzes Lächeln flog über sein Gesicht.

„Den habe ich gemacht."

Im Türrahmen drehte er sich noch einmal um.

„Um neun Uhr wollen die Kommissare mit Ihnen sprechen."

„Wie spät ist es denn gerade?", German musste sich orientieren.

„Viertel vor Sechs."

Mit lautem Getöse fiel die Tür ins Schloss. Etwas mehr als drei Stunden musste German noch warten.

Philipp und Robert saßen in ihrem Büro vor dem Computer. Sie starrten auf den Bildschirm. Noch immer konnten Sie nichts mit den Kürzeln G und A anfangen, die Niklas Mayer zu den Einbrüchen hinzugeschrieben hatte.

„Ich nehme an, dass die Kennzeichen für die Hehler stehen, an die die Ware ging. Es ist ein Muster zu erkennen. Wenn es sich um größere Gegenstände handelt, ging das fast ausnahmslos an G. Kleinere Gegenstände hingegen sind an A geflossen. Wir sollten einmal abgleichen, ob es Antiquitätenhändler, Trödler oder Pfandleihen gibt, die G´s und A´s gehören", Robert kratzte sich am Kopf, „nur stellt sich die Frage, in welchem Radius wir suchen?"

„Darüber können wir uns noch Gedanken machen. Ich schlage vor, dass wir zunächst Lisa Gottschalk aufsuchen. Sie wird bestimmt etwas beruhigter sein, wenn sie erfährt, dass wir wenigstens den Einbrecher gefunden haben. Außerdem siehst Du Deine Bernadette wieder. Wie läufts denn?"

„Nicht so gut. Wir haben uns gestritten."

„Ihr seid keine vier Wochen zusammen und schon streitet ihr euch? Das fängt ja gut an."

Die Kommissare bestiegen den dunklen BMW und fuhren zur counterfix direktbank. Wie in den Tagen zuvor saß Bernadette am Empfang. Wie in den Tagen zuvor war sie eine Augenweide.

„Guten Morgen", sagte sie knapp, „Sie finden Lisa in ihrem Büro."

Sie blitzte Robert zornig an, der traurig an ihr vorbeilief. Offenbar hatte sie ihm nicht verziehen.

Lisa saß in ihre Arbeit vertieft an ihrem Schreibtisch. Sie blickte erschrocken auf, als Philipp Jung an die offene Tür klopfte, um einzutreten.

„Guten Morgen, Herr Jung. Was haben Sie heute?" Auch Lisa begegnete den Kommissaren kühler als gewohnt.

„Wir haben German Müller verhaftet. Wir konnten ermitteln, dass er in Niklas Wohnung eingebrochen ist."

Bestürzt schaute sie Lisa an. Sie konnte kaum glauben, dass German der Einbrecher sein sollte. Schlagartig wurde ihr bewusst, dass sie ihn wohl ans Messer geliefert hatte, als sie Philipp Jung von seinem seltsamen Besuch erzählte. Sie fühlte sich schlecht.

„Was hat er dort gewollt?"

„Das wissen wir auch noch nicht. Bisher hüllt sich Herr Müller in vornehmes Schweigen."

„Den USB Stick haben wir untersucht. Vielleicht können Sie uns helfen", Robert schaltete sich in das Gespräch. Er zog ein gefaltetes Papier aus seiner Tasche und zeigte es Lisa.

„Was ist das?" Lisa schaute sich den Ausdruck an, und sie begann zu begreifen: „Ist das eine Liste von Einbrüchen, die Niklas begangen hat?"

„Davon müssen wir im Moment ausgehen. Was sie hier sehen, ist nur ein Teil der Liste", antwortete Robert.

„Was bedeuten die Buchstaben G und A?"

„Genau deswegen sind wir bei ihnen, Frau Gottschalk. Wir vermuten, dass es sich bei G und A um die Abnehmer der geraubten Ware handelt. Kannte Niklas Personen, deren Nachnamen mit G und A beginnen?"

„Da muss ich erst nachdenken", Lisa sah sich die Liste genauer an. „Wenn ich mir die Struktur der Liste anschaue, könnten die Buchstaben aber auch etwas anderes bedeuten. Der Aufbau setzt sich logisch aneinander. Zunächst beschreibt er den Ort, also wo. Dann kommt das Wie, also die Einbruchsmethode. Hier steht 1. Stock, Fenster aufgehebelt, dort steht Kellerfenster. Die dritte Spalte ist einfach Wann – das Datum. In der nächsten Spalte steht das Was, also die Gegenstände, die er mitnahm. Es steht also das Wo, Wie, Wann und Was fest. Es könnte doch sein, dass sich hinter G und A das Wer verbirgt?"

„Nun, davon gehen wir aus. Wir nehmen an, dass es sich um den Hehler handelt", antwortete Philipp.

Lisa schüttelte den Kopf: „Das glaube ich nicht. Den hätte er bestimmt dazugeschrieben. Ich glaube eher, dass es sich bei der Liste in gewisser Hinsicht um eine Art Absicherung handelt. Ich bin mir sicher, dass G und A für die Helfer stehen. G könnte für German stehen. Schließlich brach er bei Niklas ein."

Anerkennend schaute sie Philipp Jung an: „Frau Gottschalk, ich muss Ihnen ein Kompliment machen. An Ihnen ist eine verdammt gute Kriminalistin verloren gegangen. Von Ihrer Seite aus haben wir die Liste noch nicht betrachtet. Angenommen, G und A stehen für Niklas Helfer. G können wir German zuordnen. Bleibt A."

„Natürlich!", warf Robert ein, „im Büro haben wir gesehen, dass größere Einbrüche mit G, kleinere Einbrüche mit A versehen sind. Bei größeren Dingen brauchte er einen Helfer, der sportlich und kräftig genug war, ihm zur Hand zu gehen.

Auf German Müller würde dies passen. Kleinere Dinge erledigte er allein."

„Was auf das A passen würde", beendete Lisa den Satz.

Alle Drei schauten sich an.

„Eine schöne Theorie. Jetzt müssen wir nur noch Beweise finden." Philipp erhob sich, das Zeichen für Robert, dass sie nun gingen. „Vielen Dank Frau Gottschalk" fügte er grinsend hinzu, „wenn Sie hier nicht weiterkommen, bewerben Sie sich doch bei der Polizei! Ich lege ein gutes Wort für Sie ein."

„Lieber nicht." Erstmals seit langer Zeit lachte Lisa wieder.

„Frau Gottschalk", Roberts Stimme senkte sich wieder, „die Gerichtsmedizin hat Niklas Mayers Leiche freigegeben. Wir müssten wissen, wer sich um die Beisetzung kümmert. Es gibt zwei Möglichkeiten. Niklas Mayer hatte außer Ihnen keine weiteren Angehörigen. Die Beisetzung kann über das Ordnungsamt erfolgen, oder..."

Lisa unterbrach ihn: „Ich übernehme die Beerdigung."

Zufrieden, und in gewisser Hinsicht erleichtert, stiegen Philipp und Robert in den BMW. Sie fuhren zurück ins Polizeipräsidium. Es war bereits halb zehn. Nun würden sie sich German Müller vornehmen. Sie gingen in ihr Büro, um ihre Unterlagen zu holen. Robert nahm drei Kaffeepötte mit.

„So eine Nacht in der Arrestzelle hat schon so machen harten Hund weichgekocht", dozierte Philipp auf dem Weg zum Verhörraum. In seiner Zeit bei der Kripo in Frankfurt hatte er es schon mit deutlich schwereren Jungs zu tun gehabt.

Als Philipp und Robert den kleinen Verhörraum betraten, konnten sie die Spuren der vergangenen Nacht deutlich in Germans Gesicht sehen. Er hatte schwarze Augenringe und wirkte insgesamt recht zerknittert.

„Guten Morgen Herr Müller", begrüßte ihn Philipp, „wie war die Nacht im Arrestlokal?" Diesen Ausdruck hatte Philipp bei einer Fortbildung kennengelernt, die er mit Schweizer Kommissaren besuchte. Der Blick, den er auf seine Frage erntete, sagte alles aus.

„Da freuen sich die Kollegen bestimmt, wenn Ihnen bei deren Gastfreundlichkeit glatt die Worte fehlen", Philipp hatte sehr gute Laune, „aber Spaß beiseite. Sie bekamen gestern eine Hausaufgabe von mir. Konnten Sie sich ein paar Gedanken machen?"

Er schob ihm einen Kaffeepott zu.

„Was suchten Sie in Niklas Mayers Wohnung? Das Snowboard sicherlich nicht, denn das haben wir im Keller auf dem Schrank gefunden."

„Das stimmt."

Philipp nahm einen Schluck Kaffee. Dann zog er Niklas Einbruchsliste vor. Er studierte zunächst ausgiebig die Liste, bis er sein Wort wieder an German richtete.

„Wussten Sie, dass Niklas Mayer seine Raubzüge minutiös protokollierte?"

German schluckte: „N-Nein."

„Doch, doch, das tat er. Schauen Sie!" Philipp reichte German die Liste über den Tisch. Dieser überflog kurz die Zeilen und schaute Philipp unsicher an.

„Haben Sie gesehen, dass bei einigen Einbrüchen der Name des Komplizen auftaucht?"

Verwirrt schaute German die Liste an. Einen Namen konnte er nicht finden. Lediglich die Kürzel G und A.

„Ich sehe keinen Namen", antwortete German. „Am Ende der Zeile steht ein G und ein A. Das kann aber alles Mögliche bedeuten."

„Wir haben eine Theorie, Herr Müller. Angenommen, Niklas hat genau Buch über seine Einbrüche geführt, um im Falle seines Entdeckens nicht die ganze Schuld alleine auf sich zu nehmen. Hochtrabend ausgedrückt, könnte diese Liste eine

Art Lebensversicherung sein. Anhand der Liste könnten alle seine Einbrüche von der Polizei rekonstruiert werden. Damit stünde er glaubwürdig da. Wenn er nun die Namen seines oder seiner Komplizen und Abnehmer verraten würde?" Philipp beendete den Satz nicht.

Mit etwas Verzögerung antwortete German: „Dann würden Sie ihm glauben."

„Richtig, Herr Müller. Wir würden ihm glauben. Sicherlich fragen Sie sich schon die ganze Zeit, wie Sie in diese Theorie passen? Ich will Sie nicht weiter auf die Folter spannen. G steht für German. Sie sind der Komplize von Niklas. Sie haben ihn bei seinen Einbrüchen begleitet und haben ihm geholfen."

„Nein, das stimmt nicht!"

„Wirklich?", Philipp zog amüsiert die Augenbrauen hoch, und lehnte sich lächelnd in seinen Stuhl. „Bleiben wir noch ein wenig bei dem Bild der Lebensversicherung. Der tote Herr Mayer gibt schriftlich zu Protokoll, dass er zahlreiche Einbrüche verübte. Er stellt sich seiner Schuld. Nun möchte er nicht, um weiter im Bilde zu bleiben, alleine hängen. Also gibt er den Namen, zugegeben in Kurzform, seines Helfers bekannt: G. Wie sie eben richtig erkannten, glauben wir seiner Aussage, weil sie nachprüfbar ist."

Philipp nahm wieder eine aufrechte Sitzposition ein und fuhr mit ernster Miene fort: „Sie brachen in Niklas Mayers Wohnung ein und stritten dies zunächst ab. Permanent erzählen sie uns irgendwelche Märchen. À la Salamitaktik geben Sie nur das zu, was wir Ihnen beweisen können. Können Sie mir folgen?"

„Was macht Sie so sicher, dass das G für German steht? Wofür würde denn das A stehen? Könnte sich hinter dem Kürzel nicht auch derjenige verbergen, der die geklauten Sachen abgenommen hat?"

„A steht für einen Einbruch, den Niklas Mayer alleine verübte. Wir gehen nicht davon aus, dass er mehrere Abnehmer für seine gestohlenen Waren hatte."

„G könnte aber auch für Gottschalk stehen."

„G könnte sicherlich auch für Gottschalk stehen. Das glauben wir aber nicht. Kennen Sie das Sprichwort vom Lügner, Herr Müller? Wer mehrmals lügt, dem glaubt man nicht. Und wenn er auch die Wahrheit spricht! Sie machen uns andauernd etwas vor. Ich hatte es Ihnen bereits gestern ans Herz gelegt. Halten Sie uns nicht für Idioten. Sie sollten langsam erkannt haben, dass Sie sich auf ganz dünnem Eis befinden." Zwischen Philipps Daumen und Zeigefinger war nur noch ein hauchdünner Spalt.

„So, und nun frage ich Sie ein letztes Mal: Was haben Sie in der Wohnung von Niklas Mayer gesucht?"

Für die Kommissare Philipp Jung und Robert Thalberg fügten sich die einzelnen Aussagen langsam zu einem Bild zusammen. Niklas Mayer, ein abgebrochener BWL-Student, als Kletterspezialist sportlich fit und mit Erfahrung im exklusiven Immobilienbereich arbeitete mit Karl-Georg von Dalwigk zusammen. Seine Kenntnisse über mögliche Zielobjekte erhielt er von von Dalwigk, teilweise durch dessen Frau, die ein Immobilienmaklerunternehmen leitet, und durch von Dalwigks Mitarbeiter, die Kaffeebestellungen an interessante Adressen direkt auslieferten. German Müller, ebenfalls Kletterspezialist, glich über diese Nebenbeschäftigung seine chronische Geldnot aus. Um das Geld aus den Raubzügen legal in Umlauf zu bringen, investierte von Dalwigk in seine Kaffeerösterei und die counterfix direktbank. Niklas Mayer betrieb das Einbrechen mehr als Hobby. Durch seine Erbschaft und seine sparsame Lebensführung hatte er keine Geldsorgen.

„Selbst der geheimnisvolle Lieferwagen, den Niklas Mayer regelmäßig von einem Bekannten lieh, würde ins Bild passen. Mit großer Wahrscheinlichkeit handelt es sich um von Dalwigks Caddy, der als Privatwagen keine Firmenaufschrift trägt und auch über Allradantrieb verfügt", fasste Philipp zusammen.

„Lisa Gottschalk sagte einmal, dass sie Niklas, nachdem er mit dem Caddy unterwegs gewesen war, zufällig getroffen habe. Dabei habe er nach Kaffee gerochen. Das würde unsere These unterstreichen. Es bleibt aber die Frage, weswegen Niklas Mayer sterben musste?"

Auf diese Frage hatten sie bisher keine Antworten.

Am Nachmittag fuhren die Kommissare zur Kaffeerösterei.

„Lass uns ein bisschen auf den Busch klopfen und sehen, was unten rauskommt", freute sich Philipp.

Der schwarze BMW parkte im Hinterhof der Kaffeerösterei. Der Caddy stand auf seinem Parkplatz, daneben von Dalwigks Porsche. Durch die geöffnete Tür sahen sie Karl-Georg von Dalwigk hinter dem Tresen stehen. Sagte nicht Carmine von Dalwigk, dass sie den Porsche nicht bei der Kaffeerösterei abstellen würde?

Auf dem Weg ins Café fragte Philipp: „Wollen wir nachher noch auf ein Bier? Ich hab meiner Frau schon Bescheid gegeben, dass es heute später werden könnte."

„Sehr gerne, aber ein andermal. Ich habe in der Stadt noch etwas zu erledigen."

„Kein Problem", meinte Philipp und nickte. Er könne heute Abend mit den Kindern noch eine Runde mit dem Rad drehen.

Für einen kurzen Moment verschwand das Lächeln aus Karl-Georg von Dalwigks Gesicht, als er die beiden Kommissare durch die Ladentür eintreten sah.

„Hallo Herr von Dalwigk, sind Sie heute mit Ihrem Porsche unterwegs?", begrüßte ihn Philipp Jung etwas lauter als notwendig.

„Folgen Sie mir doch bitte in mein Büro. Ich denke, hier ist nicht der geeignete Ort für Ihre Fragen."

Im Büro angekommen erklärte sich von Dalwigk: „Nehmen Sie doch Platz. Ja, heute bin ich ausnahmsweise mit dem Porsche unterwegs. Ich bin auch nur zufällig hier in meinem Geschäft. Ursprünglich wollte ich heute einen kleinen Ausflug in die Rhön machen."

„Mit dem Porsche? Ein Glück, dass wir Sie noch angetroffen haben", sagte Robert Thalberg und kam direkt auf den Grund des Gesprächs, „wir wollen Sie auch nicht unnötig aufhalten. Sie haben ein nicht unbeträchtliches Investment bei der counterfix direktbank?"

„Ich kann zwar nicht erkennen, wie Ihnen diese Erkenntnis weiterhilft, aber ja, ich habe in dieses junge Unternehmen investiert."

„Können Sie uns kurz beschreiben, wie es dazu kam?"

„Der hiesige Professor für Betriebswirtschaftslehre ist ein alter Freund aus Studienzeiten. Wir trafen uns nach Jahren hier in meinem Café. Den Rest können Sie sich bestimmt zusammenreimen." Karl-Georg von Dalwigk lächelte verschmitzt.

„Ich denke, das können wir. Uns interessiert aber noch mehr die Quelle. Anders formuliert, woher haben Sie das Geld für das Investment genommen?"

„Hatten wir nicht schon einmal darüber gesprochen, Herr Thalberg? Ich hatte in meinen Jahren in der Industrie ein, sagen wir, auskömmliches Einkommen, was mir einen gewissen finanziellen Freiraum gestattet. Außerdem leitet meine Frau, die Sie ja auch schon kennenlernten, ebenfalls ein florierendes Unternehmen. Weshalb fragen Sie mich das erneut?"

„Wir haben eine etwas andere Theorie, was die Quelle des Investments betrifft", Robert blieb in seiner Antwort vage.

Von Dalwigk zog die Augenbrauen nach oben, nahm eine bequeme Sitzposition ein und antwortete in einem amüsierten Plauderton: „Jetzt bin ich gespannt auf Ihre Geschichte. Schießen Sie los!"

Philipp übernahm die Vorstellung ihrer Theorie. Karl-Georg von Dalwigk hörte ruhig zu und nickte.

„Einen Haken hat Ihr Gedankenexperiment. Einkünfte aus Investmentgeschäften sind steuerpflichtig. Das bedeutet, dass das Finanzamt über meine Geldgeschäfte bestens im Bilde ist. Wenn ich nun, wie Sie vermuten, Einkünfte aus dubiosen Geschäften hätte, würde als Erstes das Finanzamt hellhörig. Geldwäsche ist ein nicht zu unterschätzendes Unterfangen, von dem ich leider keine Ahnung habe." Von Dalwigk erhob sich. Für die Kommissare bedeutete dies das Ende des Gesprächs.

„Kommen Sie gerne wieder, wenn Sie eine neue abenteuerliche Geschichte zu erzählen haben. Guten Tag!"

Philipp und Robert stiegen wieder in den BMW.

„Kannst Du mich in der Lindenstraße rauslassen?", fragte Robert.

„Kann ich machen. Was hältst Du von Dalwigks Antwort? Ich kann das Argument mit dem Finanzamt nachvollziehen."

„Wir müssen die Frage vielleicht anders formulieren. In welchen Bereichen kann Schwarzgeld bestens versteckt werden? Wenn er das Geld nicht für sein Investment genommen hat, könnte er es unter Umständen in die Ausstattung seines Hauses gesteckt haben. Das hat ein Vermögen gekostet! Und wer weiß, wo Dalwigk noch seine Finger im Spiel hat?"

Philipp bog von in die Lindenstraße ein. An der Kreuzung Bahnhofstraße musste er an der roten Ampel stehen bleiben. Der hinter ihm fahrende LKW bremste scharf. Robert sprang aus dem BMW und verschwand in einem nahegelegenen Kaufhaus. Philipp machte sich auf den Weg nach Hause.

Sein Heimweg führte Philipp durch ein Waldstück. Außer ihm war kein weiteres Auto in Sicht. Philipp beschleunigte den BMW. Plötzlich tauchte ein schwarzes Auto in seinem Rückspiegel auf und setzte zum Überholen an. Philipp verringerte die Geschwindigkeit. Beim Einscheren auf den rechten Fahrstreifen wurde Philipp scharf von dem anderen Fahrer geschnitten. Unwillkürlich wich er aus und prallte frontal gegen einen Baum. Der schwarze Wagen bremste ab und fuhr ein Stück zurück. Neben Philipps BMW blieb er stehen. Der Fahrer ließ das Fenster der Beifahrertür herunter. Philipp lag blutend mit seinem Kopf auf dem Lenkrad. Der Airbag hing schlaff herunter. Philipp öffnete die Augen, und schaute den Fahrer des schwarzen Wagens an. Der nahm eine Pistole in die Hand und legte an.

‚Mist, ich hab mein Handy verloren‘, durchschoss es Robert. Es war ihm in Philipps BMW aus der Tasche gerutscht. ‚Egal. Morgen früh habe ich es wieder.‘ Robert konnte nicht ahnen, dass ein Mobiltelefon an diesem Abend noch mehrfach klingeln würde.

Um zehn nach Sieben bog ein alter Volvo Kombi auf den Parkplatz des Polizeipräsidiums Fulda. Robert Thalberg wunderte sich beim Aussteigen, dass er den schwarzen BMW seines Kollegen Philipp Jung noch nicht sah. Egal, dann würde er später eintreffen.

Kaum hatte er seinen Computer eingeschaltet, wurde er ins Büro des Polizeipräsidenten gerufen. Es war nicht ungewöhnlich, dass die ermittelnden Beamten im Laufe ihrer Untersuchungen vom Polizeipräsidenten befragt wurden. Allerdings übernahm diese Aufgabe der leitende Ermittler, also Philipp.

Robert betrat das Sekretariat. Die Tür zum Büro des Polizeipräsidenten war bereits geöffnet. Beate Schmitt, die Sekretärin des Polizeipräsidenten Werner Uffhaus, meldete sofort: „Herr Uffhaus? Herr Thalberg ist da." Dann wandte sie sich an Robert: „Gehen Sie bitte gleich durch."

Werner Uffhaus, Ende 50, grauer Bürstenschnitt, lief aufgeregt auf Robert Thalberg zu.

„Da sind Sie ja, Thalberg! Wieso konnten wir Sie nicht erreichen?"

Robert wunderte sich. Seit wann interessiert es den Polizeipräsidenten, wie seine Beamten erreichbar sind?

„Entschuldigen Sie bitte Herr Uffhaus. Ich habe mein Telefon vermutlich im Dienstwagen des Kollegen Jung verloren. Er müsste jeden Moment hier ankommen. Sie wollen bestimmt mit ihm über den aktuellen Fall Niklas Mayer sprechen?"

„Zum Fall Mayer kommen wir später. Nehmen Sie erst einmal Platz, Thalberg. Sie sind also noch nicht informiert worden?"

„Über was bin ich nicht informiert?"

„Kollege Jung ist gestern Abend auf dem Nachhauseweg ums Leben gekommen."

Robert wurde kreidebleich und unterbrach mit zittriger Stimme: „Wie bitte? Philipp ist t-tot?"

„Ich fürchte ja. In dem Waldstück zwischen Armenhof und Langenbieber kam er von der Straße ab und prallte gegen einen Baum. Jemand wollte aber sichergehen, dass er den Verkehrsunfall nicht überlebt und hat ihn mit einem Schuss in den Kopf getötet. Neben dem Fahrzeug haben wir noch Reifenspuren gefunden, die einen Hinweis auf den möglichen Täter geben. Es tut mir leid."

Robert sackte auf seinem Stuhl zusammen. Sein Freund und Kollege Philipp Jung ist tot.

„Er wollte gestern Abend mit mir einen Feierabendschoppen trinken. Ich habe abgesagt", stammelte Robert, „ist seine Familie informiert? Natürlich, es passierte ja schon gestern."

„Ja, seine Familie ist von mir persönlich informiert worden. Zurzeit wird sie psychologisch betreut. Wir werden alle verfügbaren Kräfte einsetzen, Hauptkommissar Jungs Mörder zu finden. Schwarz und Handwerk übernehmen die Ermittlungen. Sie nehmen erst einmal eine Woche Urlaub. Ihr

Telefon haben wir übrigens in Jungs BMW gefunden. Sie können es sich bei den Kollegen Schwarz und Handwerk abholen."

„A-aber ich..."

„Keine Widerrede, Thalberg! Sie bleiben eine Woche zu Hause. Dann sehen wir weiter."

Hauptkommissar Andreas Schwarz und Hauptkommissar Oliver Handwerk, bei der Fuldaer Polizei auch A&O genannt, übernahmen den Fall. Bisher hatte Robert nicht viel mit dem Ermittlerduo zu tun gehabt. Schwarz und Handwerk waren nicht besonders beliebt bei den Kollegen, da sie auch die internen Ermittlungen übernahmen. Außerdem galten sie als ausgesprochen arrogant.

Wie ferngesteuert trottete Robert zu A&Os Büro. Sie warteten schon auf ihn. Zu seiner Überraschung empfingen sie ihn mitfühlend und kollegial.

„Robert, bitte komme herein", begrüßte ihn Schwarz und gab ihm die Hand, „bitte nimm Platz. Mein Beileid. Ich wusste, dass Philipp Dein Freund war."

Auch Oliver stand auf und drückte sein Beileid aus.

„Wir übernehmen die Ermittlung, auch die zum Fall Mayer. Beide Fälle hängen mit großer Wahrscheinlichkeit zusammen. Es ist, denke ich, selbstverständlich, dass Du nicht mehr zur Ermittlungsgruppe zählst." Andreas gab sich Mühe, einerseits mitfühlend, andererseits professionell aufzutreten.

„Kannst Du uns in die bisherigen Ermittlungsergebnisse einführen?"

Robert fasste die bisherigen Erkenntnisse zusammen. Lediglich seine Beziehung zu Bernadette Veilleux sprach er nicht an. A&O machten sich einige Notizen.

„Im Großen und Ganzen war es das schon. Wir haben einen guten Überblick bekommen. Eure Dokumentation ist ja auch vollständig und aussagekräftig", Andreas nickte zufrieden.

„Übrigens, hier ist Dein Telefon. Es lag im Fußraum von Philipps Wagen."

Robert wurde entlassen. Er ging nur noch kurz in sein Büro. Auf den Gängen des Präsidiums spürte er die Blicke der Kollegen und hörte, wie sie anfingen zu tuscheln, wenn er an ihnen vorbeiging. Er schnappte sich seine Jacke, warf einen kurzen Blick auf seinen Schreibtisch und ging.

Er wusste nichts mit sich anzufangen. Er brauchte jemanden, mit dem er sprechen konnte und entschloss sich, zu Philipps Frau zu fahren.

Es war keine gute Idee, Michaela Jung aufzusuchen. Sie machte ihn verantwortlich für den Tod ihres Mannes. Hätte er nicht Philipps Einladung ausgeschlagen, würde er jetzt noch leben. Robert ertrug Michaelas Beschimpfungen stillschweigend. Hatte er ernsthaft erwartet, dass sie anders reagiert?

Robert fuhr zur Unfallstelle. Bis auf ein paar Kunststoffteile auf dem Boden und etwas abgesplitterter Baumrinde verriet der Ort nichts mehr von der Tragik, die sich wenige Stunden zuvor hier abspielte. Robert stellte den Volvo wenige Meter die Straße weiter ab und schaltete die Warnblinkanlage ein.

‚Es ist denke ich selbstverständlich, dass Du nicht mehr zur Ermittlungsgruppe zählst', sagte Andreas. ‚Na klar, was denkst Du denn?', Robert fühlte sich wie ein kleiner, dummer Junge, dem die Folgen seines Handelns aufgezeigt wurden. ‚Dann beginne ich halt mit meiner eigenen Ermittlung', war er sich sicher.

Keine Bremsspuren. Natürlich, der BMW hatte ja ABS. Was hatte Uffhaus gesagt? Sie hätten Reifenspuren neben Philipps Auto gefunden. Robert untersuchte die Straße. Tatsächlich, hier waren Spuren zu sehen. Das Profil konnte nicht erkannt werden, sehr wahrscheinlich fuhr der Wagen mit durchdrehenden Reifen los. Es waren ungewöhnlich breite Streifen, die sich auf der Straße befanden, und weit auseinander. Breite Spur und breite Reifen, das spricht für einen Sportwagen. Robert machte Fotos von den Spuren. In seinem Auto suchte er ein Maßband oder Zollstock. Leider wurde er nicht fündig. Was er zur Hand hatte, war ein Abschleppseil und sein Taschenmesser. Er legte das Seil auf die Reifenspuren, um so die Spurweite auszumessen. Dazu schnitt er die das Seil passend ab. Anschließend schnitt er das abgetrennte Teil auf die Breite des Reifens. Nun konnte er das Reifenformat und die Spurweite des Fahrzeugs ermitteln. Mehr konnte Robert nicht mehr ausrichten. Er ging zurück zu seinem Volvo und startete den Motor.

Zu Hause maß er die zurechtgeschnittenen Seile ab. Die Reifen mussten das Format von etwa 285mm haben, die Spurweite schätze er auf etwa 1,5 Meter. Robert brachte in Erfahrung, dass es sich um einen Porsche 911 handeln könnte. Vielleicht konnte er von Jockel Weber nähere Informationen erhalten.

Robert fühlte sich einsam. Er wählte Bernadettes Telefonnummer, aber sie nahm den Anruf nicht entgegen. Er setzte sich wieder in sein Auto, und fuhr zur counterfix direktbank. Am Empfang saß Bernadette. Ihr Lächeln verschwand, als sie ihn sah. Sorgenfalten machten sich in ihrem Gesicht breit.

„Wie siehst Du denn aus? Ist etwas passiert?"

„Philipp ist tot." In diesem Moment konnte sich Robert nicht mehr zurückhalten. Tränen liefen über seine Wangen. Bernadette nahm ihn in den Arm. Robert vergrub sich in ihrer Schulter. Sie küsste ihn auf die Stirn, befreite sich aus seinen Armen und zog ihn in den Besprechungsraum. Dort sank er auf einen Konferenzstuhl.

Lisa Gottschalk war die Nachricht über Philipps Tod nicht entgangen. Sie klopfte an die Tür und setzte sich zu Bernadette und Robert.

„Was ist geschehen?", wollte sie wissen.

Robert erzählte, was er wusste. Schweigend hörten ihm die beiden Frauen zu. Nachdem er geendet hatte, fragte Bernadette nachdenklich: „Hast Du schon einmal darüber nachgedacht, dass das Attentat euch beiden galt?"

Nein, darüber hatte Robert nicht nachgedacht. Aber es konnte durchaus sein, dass der Unbekannte beide Kommissare aus dem Weg räumen wollte. Ein mulmiges Gefühl machte sich in Roberts Magengegend breit.

„Kann ich heute Nacht bei Dir bleiben?", fragte Robert vorsichtig.

„Bien sûr, ma chérie."

Bernadette verließ an diesem Tag früher die Bank. Sie stiegen in Roberts alten Volvo und fuhren an den Frauenberg. Vor der Haustür fragte sie ihn, ob er denn etwas zum Anziehen hätte? Nein, das habe er vergessen. So fuhren Sie gemeinsam in Roberts Wohnung. Bernadette war gespannt, wie ihr neuer Freund wohnen würde. Sie war überrascht, dass Robert zwar wenige, aber dafür hochwertige Möbel hatte. Die ganze Wohnung war geschmackvoll eingerichtet. Die Formensprache war kubisch. Seine Vorliebe für die Bauhausrichtung konnte er nicht verheimlichen.

Schnell hatte Robert ein paar Klamotten, Zahnbürste und Duschgel in seine Sporttasche gepackt. Bernadette wunderte sich indessen über die seltsamen Seile, die auf Roberts Esstisch lagen.

„Was haben diese Stricke zu bedeuten?"

„Ich habe bei Philipps Unfallstelle Reifenspuren gefunden. Anhand derer versuche ich herauszubekommen, welches Fahrzeug sie hinterlassen hat."

Verständnislos nickte Bernadette: „Aha."

Kurz nachdem Bernadette am nächsten Morgen das Haus verlassen hatte, machte sich auch Robert auf den Weg. Er hatte einen Schlüssel bekommen, damit er wieder in die Wohnung zurückkehren konnte. Roberts Weg führte ihn ins Polizeipräsidium. Er wollte herausfinden, zu welchen Ergebnissen die Spurensuche gekommen war. Er klopfte an die Tür und trat ohne eine Antwort abzuwarten ein.

„Kollege Thalberg!" Joachim Weber blickte von seinem Computer auf: „Was verschafft mir die Ehre?"

„Guten Morgen Jock- äh Joachim", beinahe hätte Robert seine verlorene Wette vergessen, „ich wollte einfach mal vorbeischauen." Tatsächlich hatte sich Robert keine Gedanken darüber gemacht, mit welcher Begründung er der Spurensuche Informationen entlocken wollte.

„Einfach mal vorbeischauen - dass ich nicht lache! Du bist noch nie einfach mal vorbeigekommen."

„Das stimmt." Robert druckste herum. „Vielleicht kannst Du mir..."

Joachim Weber hatte den Braten in dem Moment gerochen, als Robert in sein Büro getreten war.

„Hast Du sie nicht mehr alle? Du bist von dem Fall abgezogen und beurlaubt!"

„Ich dachte..."

„Was?", unterbrach ihn Weber scharf. „Dass ich Dir, aus alter Verbundenheit, Ermittlungsdetails stecke? Das kannst Du vergessen!"

Joachim Weber schaute Robert streng an. Plötzlich fing er an, Akten auf seinem Schreibtisch zu sortieren. Er legte einen Aktendeckel vor seine Tastatur, schlug ihn auf und rollte mit seinem Stuhl geräuschvoll zurück.

„Ich muss mal aufs Klo. Wehe Du rührst hier etwas an!"

Joachim ging aus dem Büro. Robert hatte wenig Zeit. Schnell schritt er an den Schreibtisch und überflog Webers Notizen. Es war genau das, was er suchte. Das Untersuchungsergebnis der Reifenspuren, die bei Philipps Unfallstelle gefunden wurden. Robert nahm sein Mobiltelefon aus der Hosentasche und fotografierte die Akte ab. Kaum hatte er sein Telefon wieder in die Tasche gesteckt, betrat Joachim Weber den Raum.

„Und jetzt mach Dich ab", sagte er leise, „die Luft ist rein."

Robert eilte zügig aus dem Präsidium. Wenigstens liefen ihm nicht A&O über den Weg. Mit schnellen Schritten überquerte er den Parkplatz des Polizeipräsidiums. Er startete den Motor seines Volvos und fuhr in Richtung Innenstadt.

Andreas Schwarz hatte die Angewohnheit, beim Telefonieren aus dem Fenster zu schauen. So blieb ihm der kurze Aufenthalt von Robert Thalberg nicht verborgen, denn von seinem Büro aus hatte er einen guten Blick auf den Parkplatz. Er gab seinem Kollegen Handwerk ein Zeichen, dass er auch aus dem Fenster schauen sollte. Auch Oliver Handwerk war sich sicher, Robert Thalberg auf dem Parkplatz des Polizeipräsidiums laufen zu sehen. Schnell beendete

Andreas Schwarz sein Telefonat. Die beiden Hauptkommissare verließen eilig ihr Büro und nahmen in einem schwarzen BMW Roberts Verfolgung auf.

Robert raste zur Kaffeerösterei. Im Innenhof ließ er seinen Wagen quer hinter von Dalwigks Caddy stehen. Er stürmte in das Café. Karl-Georg von Dalwigk schaute ihn belustigt an.

„Nanu, die Polizei? Wo haben Sie denn Ihren Kollegen gelassen?" Er schaute auf den Eingang, zwei weitere Männer traten ein und gingen direkt auf Robert zu. „Kollegen von Ihnen?"

Robert war blind vor Wut: „Sie haben Philipp Jung auf dem Gewissen!"

Andreas Schwarz und Oliver Handwerk nahmen Robert in die Zange.

„Du kommst jetzt besser mit!", zischte ihm Andreas zu.

Karl-Georg von Dalwigk schaute immer noch belustigt.

„Sie ziehen schon ab? Schade." Und mit Blick auf A&O sagte er: „Passen Sie schön auf Herrn Thalberg auf. Nicht, dass ihm etwas zustößt."

Schwarz und Handwerk setzten Robert auf die Rücksitzbank des BMW. Er musste seinen Kopf einziehen und sich beinahe quer hinsetzen. Für einen Hünen wie Robert war der BMW viel zu klein.

„Schlüssel her, Oliver fährt Dein Auto ins Präsidium", befahl Andreas Schwarz, „bist Du von allen guten Geistern verlassen?"

Robert schaute zu Boden. Ihm wurde allmählich bewusst, dass er mit seiner blindwütigen Aktion alle Ermittlungen gefährdet hatte.

„Das wird Uffhaus interessieren." Andreas Schwarz startete den BMW.

Werner Uffhaus tobte, als er von Andreas Schwarz und Oliver Handwerk über Robert Thalbergs Alleingang informiert wurde. Kaum war der erste Ärger über seinen Mitarbeiter verraucht, fand Uffhaus zur gewohnten Professionalität zurück.

„Was haben Sie zu Ihrer Verteidigung zu sagen, Thalberg?"

„Ich habe einen Fehler gemacht, das sehe ich ein. Aber soll ich seelenruhig zu Hause sitzen, während Philipps Mörder frei herumläuft? Vielleicht bin ich der nächste!"

„Thalberg, es liegt doch auf der Hand, Sie sind unmittelbar betroffen. Was hatten Sie überhaupt hier zu suchen?" Werner Uffhaus sprach auf seinen Besuch im Polizeipräsidium an.

„Ich hatte gehofft, meine These zu bestätigen."

„Was für eine These? Kommen Sie auf den Punkt!", Uffhaus war nicht der geduldigste Vorgesetzte. Mit schwammigen Aussagen konnte er nichts anfangen.

„Ich habe die Reifenspuren am Tatort, also Philipps Unfallstelle, abgemessen und wollte erfahren, ob die Spurensicherung zum gleichen Ergebnis wie ich gekommen ist."

Werner Uffhaus' Kopf lief rot an. Seine professionelle Haltung schien verflogen.

„Sie wollten was?", tobte er, „Schwarz, Handwerk! Holen Sie mir den Weber von der Spurensicherung her!"

„Ich denke, der Kollege Weber kann in seinem Büro bleiben", sagte Robert ruhig, „ich konnte ihm keine Geheimnisse entlocken."

„Das kann er mir selbst erklären! Und nun zu Ihnen, Thalberg. Wie kommen Sie auf Dalwigk?"

„Wie ich schon sagte, ich habe die Reifenspuren untersucht." Er kramte sein Mobiltelefon hervor, um Werner Uffhaus seine Fotos zu zeigen. „Das Gelbe ist übrigens ein Abschleppseil. Anhand der Reifenbreite und der Spurweite musste es ein schwererer Wagen sein. Von Dalwigk fährt einen 911er Porsche. Anhand der technischen Daten, die ich im Internet gefunden habe, passten meine Messungen zu von Dalwigks Porsche."

„In den Dienstwägen sind doch Maßbänder vorhanden. Weswegen zerschneiden Sie ein Abschleppseil?"

„Weil ich mit meinem privaten Auto unterwegs war. Sie hatten mich beurlaubt."

Die Tür öffnete sich. Andreas Schwarz, Oliver Handwerk und Joachim Weber betraten das Büro des Polizeipräsidenten.

„Ah, Weber! Ich habe nur eine Frage. Haben Sie Thalberg im Zusammenhang mit den Reifenspuren irgendwelche Informationen ausgeplaudert?"

Joachim Weber antwortete mit dem Brustton der Überzeugung: „Nein."

Werner Uffhaus war von den Aussagen seiner Beamten nicht überzeugt. Er hatte jedoch keine Zeit, tiefer in die Vernehmung einzusteigen. Einer seiner Mitarbeiter wurde getötet. Die Ansätze, die Robert Thalberg lieferte, schienen stimmig und glaubwürdig. Er beorderte seine Beamten, einschließlich Robert, zurück an ihre Arbeitsplätze, und ließ sich mit dem Büro des Staatsanwalts verbinden. Wenige Minuten später überreichte er den unterschriebenen Durchsuchungsbeschluss des Privathauses und der Geschäftsräume der von Dalwigks dem leitenden Beamten Andreas Schwarz.

„Sie haben Zugriff auf alle verfügbaren Beamten. Kommen Sie mit Ergebnissen wieder! Thalberg, Sie bleiben hier."

Die Durchsuchungsaktion lief an. Zeitgleich fuhren Streifenwägen und Transporter der hessischen Polizei vor die Wohn- und Geschäftsräume der von Dalwigks. Aktenordner und Computer wurden beschlagnahmt und ins Polizeipräsidium gebracht. Die Ausbeute in den Geschäftsräumen war jedoch spärlich.

Anders sah die Durchsuchung des Privathauses der von Dalwigks aus. Carmine von Dalwig fiel aus allen Wolken, als die Beamten vor ihrer Tür standen. Sie ließ die Beamten gewähren.

Andreas Schwarz ließ sich die Autoschlüssel geben, während Oliver Handwerk in den Keller ging. Die Kellerräume waren ebenso hochwertig wie reduziert eingerichtet. Oliver schaute in jede Schublade und jeden Schrank. Er konnte nichts Außergewöhnliches finden. Sein Blick blieb auf einem Metallregal hängen. Es war ein Systemregal für Büroräume. Oliver kannte diese Regale auch von Anwaltskanzleien oder Arztpraxen. Er konnte nicht sagen, was ihn an diesem Regal fesselte. Oliver beschloss, das Regal näher zu untersuchen. Alle weißen Ordner standen sauber nebeneinander und waren einheitlich beschriftet.

‚Eigentlich alles perfekt', dachte Oliver, bis er auf den Boden schaute. Das Regal stand auf Rollen. Oliver schossen blitzartig Bilder aus Detektivromanen durch den Kopf, die er als Kind regelrecht aufgefressen hatte. Der Detektiv fand hinter Regalen fast immer eine geheime Tür.

„Die werden doch nicht ernsthaft...", murmelte Oliver und zog vorsichtig an dem Regal. Die Ordner hatten Gewicht.

Das Regal rührte sich nicht von der Stelle.

38

Alles sauber. Die Kommissare konnten es nicht fassen. Die Geschäftsunterlagen und die beschlagnahmten Computer hielten keine Überraschungen bereit. Es blieb die Hoffnung, dass die Untersuchung des Porsche neue Hinweise brachte. Und so war es.

Auf der Heckablage des Wagens wunderte sich Joachim Weber über eine kleine angesengte Stelle im Teppich. Die Stelle maß keine zwei Zentimeter. Der perfekte Abdruck einer 9 mm Parabellum Hülse. Ein übliches Patronenformat. Joachim Weber nahm eine leere Hülse und legte sie auf den Teppich. Die Patrone passte. Philipp Jung war von einem 9 mm Projektil getötet worden. Joachim Weber war wie elektrisiert. Er untersuchte den Porsche nach Pulverresten und fand sie überall. Zwar war versucht worden, den Wagen zu reinigen, jedoch ist es beinahe aussichtslos, den Innenraum eines Wagens, in dem geschossen wurde, vollständig vom Pulver zu befreien.

Die Hauptkommissare Andreas Schwarz und Oliver Handwerk saßen mit Robert Thalberg und Bergen von weißen Ordnern im Büro, als Joachim Weber atemlos die Tür aufstieß:

„Ich habe eine fast gute Nachricht!"

„Der Weber mit seinen fast guten Nachrichten. Fang mal mit der guten Nachricht an." Alle drei schauten Weber erwartungsvoll an.

„Ich habe Pulverspuren im Porsche gefunden und einen Abdruck einer 9 mm Parabellum Hülse. Eine Pistole hat ein Auswurffenster nach rechts. Das passt zu einem Schützen, der von der Fahrerseite aus durchs heruntergelassene Beifahrerfenster schießt. Die Hülse sprang nach dem Schuss auf die Hutablage und versengte dort den Teppich."

„Das ist doch eine wunderbare Nachricht, Joachim", anerkennend nickte Andreas Schwarz, „und was ist die schlechte Nachricht?"

„Die Hülse habe ich nicht gefunden."

„Oliver, Robert, wir holen jetzt Dalwigk."

„Wir teilen uns auf", entschied Andreas Schwarz, „Oliver, Du fährst mit einer Streife zu Dalwigks Haus. Wenn Du Dalwigk nicht antriffst, rufst Du mich sofort an. Robert, Du kommst mit mir."

Oliver Handwerk fuhr mit einem Streifenbeamten zum Haus der von Dalwigks. Carmine von Dalwigk öffnete die Tür. Ihr Mann war nicht zu Hause, sondern im Café. Oliver fiel das Regal im Keller ein, welches er nicht alleine auf die Seite schieben konnte. Kurz und knapp erklärte er Frau von Dalwigk, dass er im Keller noch eine Stelle untersuchen müsse. Er habe es bei der Hausdurchsuchung nicht mehr geschafft. Trotz der sehr dürftigen Erklärung ließ Carmine von Dalwigk die beiden Polizisten ein.

„Kollege, ich möchte einen Blick hinter dieses Regal werfen. Dazu müssen wir versuchen, es von der Wand zu rollen."

Die beiden Polizisten zogen vorsichtig an dem Regal. Tatsächlich begann es sich zu bewegen. Allerdings nicht weit, denn zwei einfache Sturmhaken hielten das Regal fest. Oliver löste den Haken und zog weiter vorsichtig. Das Regal ließ sich nun einfach bewegen. Er lachte auf, als er tatsächlich auf eine Tür stieß, die durch das Regal versteckt wurde.

„Ich glaub's nicht. Das ist ja wie in einem schlechten Krimi."

Oliver Handwerk versuchte das Türschloss zu knacken. Es dauerte eine ganze Weile, aber schließlich gab es dem erfahrenen Beamten nach. Als Oliver die Tür öffnete, konnte er kaum glauben, was er sah.

Unterdessen trafen Robert Thalberg und Andreas Schwarz im Café der Kaffeerösterei an. Sie parkten an der Straße. Karl-Georg von Dalwigk stand wie üblich hinter dem Tresen. Die Kommissare traten ein.

Karl-Georg von Dalwigk fuhr langsam mit einer Hand hinter seinen Rücken unter das Jackett und zog blitzschnell eine Beretta hervor.

Ohne Vorwarnung schoss von Dalwigk auf die Polizisten. Er traf nur einen Betonpfeiler, drehte sich um und rannte los in Richtung Innenhof. Es waren keine Gäste im Café. Robert zog seine HK P30 und schoss. Er traf von Dalwigk an der Schulter. Er stürzte, stand aber sofort wieder auf und rannte weiter zu seinem Caddy. Robert und Andreas nahmen mit gezogener Waffe die Verfolgung auf. An seinem Wagen angekommen, dreht sich von Dalwigk um, schoss und traf Robert in die Brust. In diesem Moment betraten Lisa Gottschalk und Bernadette Veilleux das Café. Bernadette erkannte Robert sofort und schrie auf, als Robert vor ihren Augen zusammenbrach. Ohne sich der Gefahr bewusst zu sein, stürzte sie auf Robert zu. Andreas Schwarz warf sich in Deckung. Von Dalwigk öffnete die Tür seines Caddys und wollte gerade einsteigen, als ihn eine zweite Kugel, diesmal aus Andreas Waffe traf. Er stützte sich an der Tür ab, hob die Waffe und richtete sie auf die beiden Frauen, die sich um den blutenden Kommissar kümmern wollten. Geistesgegenwärtig riss Lisa Gottschalk Bernadette zu Boden. Die Kugel aus von Dalwigks Waffe verfehlte die beiden Frauen nur um Haaresbreite. Andreas Schwarz gab einen zweiten Schuss ab, der von Dalwigk außer Gefecht setzte.

Bernadette wich keine Sekunde von Roberts Seite. Lisa rief sofort den Notarzt, nachdem von Dalwigk von Andreas Schwarz die Handfesseln angelegt bekommen hatte. Die Ärzte erklärten ihr, dass Robert Glück gehabt hatte. Die Kugel hatte keine lebenswichtigen Organe verletzt, aber zwei Zentimeter weiter unten, und sie hätte sein Herz getroffen. Im Krankenhaus wurde er sofort operiert.

Ein rhythmisches Piepsen weckte Robert Thalberg auf. Langsam öffnete er die Augen. Was war passiert? Er konnte sich nur noch an den Schusswechsel mit von Dalwigk erinnern. Eine Kugel traf ihn, dann wurde es dunkel um ihn.

Er hatte Durst. Seine Schulter schmerzte, und er wusste nicht, wo er war. Um ihn herum war es dunkel. Nur das schwache Licht einer Nachttischlampe erhellte den Raum ein wenig. Er spürte, dass seine Hand gehalten wurde. Es waren zarte Hände. Robert versuchte sich aufzurichten, aber dazu fehlte ihm die Kraft. Er legte seinen Kopf auf die Seite und sah einen Kopf mit langen, schwarzen Haaren, der auf der Matratze lag. Er erkannte den Geruch, den er einatmete. Nur ein Mensch roch so gut, und dieser Mensch kauerte nun auf einem Stuhl und legte seinen Kopf auf die Matratze. Roberts Hand zuckte. Die Person schreckte auf. Die Haare waren wild durcheinander, und das Gesicht trug erschöpfte Züge. Trotzdem war es das schönste Gesicht, was Robert jemals gesehen hatte.

Tränen liefen über ihre Wangen, als Robert sie ansah. Eine Woche saß sie nun schon hier. Tagein, tagaus. Lisa besuchte sie täglich und versorgte sie mit allem, was sie benötigte. Die Schwestern hatten ihr erlaubt, Personaltoilette und -dusche zu benutzen. Eine Woche hatte sie an seinem Bett gewacht, immer in der Hoffnung, dass er die Augen öffnete.

Robert wollte etwas sagen. Er brachte aber nur ein quietschend-röchelndes Geräusch heraus. Sie musste lachen. Robert räusperte sich. Sein zweiter Versuch klappte.

„Bernadette."

Bernadette erzählte Robert, was sich in den letzten Tagen zugetragen hatte. Karl-Georg von Dalwigk hatte gestanden, Kopf der Einbruchsbande gewesen zu sein. Ein Leugnen hätte ihm nichts mehr gebracht, denn Oliver Handwerk fand in dem versteckten Kellerraum einige der erbeuteten Schätze. Dank Niklas Liste konnten sie diese eindeutig zuordnen.

Niklas Mayer hatte aussteigen wollen. Aus diesem Grund suchten ihn von Dalwigk und German auf. Niklas drohte, mit einem USB Stick, auf dem eine Liste aller Einbrüche, die er für von Dalwigk verübt hatte, zur Polizei zu gehen. Als Beweis, dass er mit den Einbrüchen zu tun habe, hatte er einen Ring verschluckt. Von der Einnahme hatte er ein Video gedreht, was er von Dalwigk und German zeigte. Daraufhin pumpten die Männer Niklas mit Drogen und Alkohol voll und wollten ihn so zum Erbrechen zwingen, damit sie an den Ring kamen. Der Ring war allerdings schon so weit im Verdauungstrakt, dass er nicht mehr hervorkam. German drückte Niklas an die Wand, während von Dalwigk Niklas mit der Harpune bedrohte. Er solle den USB Stick herausgeben. Es löste sich der Schuss, und Niklas wurde förmlich an die Wand getackert. Karl-Georg von Dalwigk und German Müller durchsuchten daraufhin Niklas Wohnung. Sie fanden einen USB Stick, wussten aber nicht, dass Niklas eine Kopie angefertigt hatte, die Robert und Philipp später fanden.

Ein zweiter Mord konnte nun ebenfalls aufgeklärt werden. Durch Karl-Georg von Dalwigks Beretta war auch der russische Transporterfahrer getötet worden. Er gehörte einem größeren Ring an, der gestohlene Waren verschob. Der Fahrer war in den Lagerraum eingebrochen, in dem von Dalwigk zuvor die geraubten Waren zwischengelagert hatte. Die Alarmanlage, mit der von Dalwigk sein Lager sicherte, informierte ihn. Der Russe hatte das Lager bereits leergeräumt und wollte verschwinden, als von Dalwigk ankam. Bei der anschließenden Schießerei wurde er getötet. Daraufhin richtete sich von Dalwigk den Lagerraum im Keller seines Wohnhauses ein.

Carmine von Dalwigk wusste von den dunklen Geschäften ihres Mannes. Es entsprach der Wahrheit, dass ihr Mann Niklas Mayer über ihr Immobiliengeschäft kennengelernt hatte. Schnell hatte er das Potential erkannt, was in Niklas steckte. German Müller arbeitete zu dieser Zeit schon für von Dalwigk. Allerdings stellte sich Niklas insgesamt geschickter als German an, so dass er fortan hauptsächlich für von Dalwigk tätig wurde.

4 1

Robert blieb noch einige Tage im Krankenhaus, bevor er entlassen wurde. Als seine Schulter nicht mehr schmerzte, reichte er Urlaub ein. Zusammen mit Bernadette fuhr er zwei Wochen an die Côte d'Azur.

Nach seinem Urlaub wurde er der Ermittlungsgruppe von A&O zugeteilt.